해 피
패 밀 리

해 피
패 밀 리

•
•
•

고 종 석 　장편소설

문학동네

차례

한민형(1980~)

　병원 대기실 의자에 앉아 있을 때만큼 시간이 더디 흘러가는 경우
는 없다. 병원 대기실에서는 시간이 모지락스럽게도 느릿느릿 흘러
간다. 그 게으르게 흘러가는 시간은 불안이나 공포 같은 마음의 그늘
을 동반한다. 실상 그 마음의 그늘 또는 긴장 때문에 시간이 더 게으
르게 흐른다. 게으른 긴장, 또는 긴장된 게으름이 병원 대기실에 있는
사람들의 마음 풍경이다. 치과병원도 마찬가지다. 물론 치과병원 대
기실은 여느 병원 대기실에 견주어 걱정이나 불안의 분위기가 덜하
다. 그것도 사람에 따라 달리 느끼기는 하겠으나, 어쨌든 치과 치료를
받다가 죽거나 죽음을 예고받는 일은 거의 없을 테니 말이다. 장 내시
경 검사를 받기 위해 기다리는 사람은 그 검사 자체의 고통에 대한 두
려움에다가 혹시 암 같은 중병이 발견되면 어쩌나 하는 두려움이 겹
쳐 안절부절못한다. 진찰과정이 고통스럽거나 복잡하지 않은 경우에
도 큰 병이 발견되면 어떡하나 하고 지레 걱정하기 십상이다. 그런 경

우들에 견주면 치과병원 대기실을 채우는 마음들은 평화롭다. 마취주사의 뜨끔함쯤이야 암 선고를 받는 것에 비하면 아무것도 아니다. 아, 생각해보니 얼마 전 내 친구 하나가 치과 치료를 받다가 봉변을 당한 적이 있기는 하다. 위생사가 흡입기를 너무 목구멍 깊숙이 갖다대는 바람에 식도인지 기도인지, 아니면 둘 다인지를 크게 다쳤다. "하마터면 죽을 뻔했다." 이 주일 넘게 입원실에 있었다는 친구는 진저리를 치며 가슴을 쓸어내렸다. 사랑니를 빼고 뒤처리를 잘못하면 패혈증에 걸릴 수 있다는 신문 기사를 본 것도 같다. 그러나 길을 걷다가 벼락에 맞아서 죽을 수도 있는 것 아닌가? 게다가 나는 오늘 사랑니를 빼러 온 게 아니니.

치과에서 다루는 부위가 머리의 일부라는 사실이 더러 공포의 밑감이 되기도 한다. 머리에 총을 맞고 죽는 것과 가슴에 총을 맞고 죽는 것 가운데 하나를 택하라면 나는 서슴없이 가슴 쪽을 택하겠다. 혹시 내가 자살을 하더라도 입안이나 관자놀이에 총알을 박는 일은 없을 것이다. 고작 목을 매거나 독약을 먹는 정도겠지. 게다가 이를 포함한 구강은 몸의 여느 부위에 견줘 아픔에 예민한 부분이다. 영화나 소설에서 고문기술자로 동원되는 의사들 가운데 치과의사들이 많은 것은 그럴듯하다. 외과의사들의 경우에도 그렇지만, 치과의사들이 쓰는 치료기구들은 고스란히 고문도구로, 살상기구로 변할 수 있다. 그래도 치과 대기실은 내과 대기실이나 외과 대기실보다 평온하다. 죽음의 공포라는 것만 기준으로 삼는다면 신경정신과 대기실이 치과 대기실보다 더 평온할 수도 있을 게다. 신경정신과의 경우, 병 자체로 죽을 일은 없을 테니까. 그렇지만 아무래도 그쪽 대기실은 어수선할 것 같다. 겉보기에 완전히 멀쩡한 사람들도 있겠지만, 한눈에 아프다는 걸 알아볼 수 있는 사람들도 있을 테니. 실제로 장모님께 들은 바로도, 대기실 분위기가 아주 뒤숭숭할 때가 더러 있다고 한다.

병원 대기실에서 시간을 되도록 빠르게 흘려보내는 법 가운데 하나는 책을 읽는 것이다. 꼭 병원에 가는 길이 아니더라도, 외출할 때 책을 한 권 들고 다니는 것은 내 오랜 버릇이다. 주로 지하철로 움직이기 때문이다. 버스에서라면 창밖 풍경이라도 바라보며 그 풍경의 변화에 따라 이런저런 공상이나 회상을 펼칠 수도 있겠지만, 지하철에선 그럴 수가 없다. 물론 사람들을 관찰하는 일도 재미만 들이면 시간을 보낼 수 있는 방법이 될 수 있을 것 같다. 그러나 어떤 버릇을 들이기에는 시간이 필요하다. 그리고 나는 그런 연습이 귀찮다. 새것에 적응하는 데 난 늘 어려움을 겪어왔다. 진취성은 나와 거리가 있다. 사람들의 행태, 생김새, 옷 색깔, 대화에 나는 별로 관심이 없다. 나는 책을 선호한다. 지하철에서 가장 짜증스러운 것은 사람들이 모바일폰에 대고 내뱉는 흰소리들이나 모바일폰 자체에서 나는 기계 소리다. 그러나 책 읽기에 집중하다보면, 그런 소리들도 이내 들리지 않는다. 그런 소리들이 책 읽기를 훼방놓는 수도 있지만, 거꾸로 책 읽기가 그런 소리들을 없애주기도 한다. '독서삼매'라는 것은 낡디낡은 말이지만, 그것을 경험하는 일은 늘 새롭고 싱싱하다. 책은 세상에서 나를 격리하는, 아니 보호해주는 벽이다. 책 속의 추함이 현실의 추함을 따라잡는 법은 거의 없다. 책 속의 비참함이 현실의 비참함을 넘어서는 법도 거의 없다. 책은 내 아편이다. 술만큼이나. 오늘도 출판사를 나서며 프랑수아즈 파리스의 『행복한 가족』을 챙겨들었다. 내가 편집에 관여한

책이기는 하지만, 아직 꼼꼼히 읽어보지는 못했다. 나는 치과병원까지 오는 지하철에서 그랬듯, 치과 대기실에서도 『행복한 가족』을 읽는다.

엘렌과 피에르가 마흔 해 가까이 같이 살아온 것은 기적에 가깝다. 두 사람은 출신 계급도 미적 취향도 입맛도 다르니 말이다. 다르다고 해봐야 파랑과 보라 사이의 다름 정도에 지나지 않지만, 그러나 때로는 그 작은 다름도 큰 파열로 이어지는 수가 있다. 에두아르 발라뒤르가 왜 자크 시라크를 배신했겠는가? 프랑수아 미테랑과 미셸 로카르의 사이가 왜 그리 나빴겠는가? 근원적으론 개인적 욕망의 충돌이 그 이유였겠지만, 인격의 부딪침도 한몫했을 것이다. 물론 엘렌과 피에르 부부에겐, 21세기 부부에게 드물게, 다섯이나 되는 자식이 있다. 그러나 자식들의 존재가 부부의 마음을 묶어 이혼을 막아주던 시절은 오래전에 지났다. 엘렌에게도 띄엄띄엄 남자들이 있었듯이, 피에르에게도 띄엄띄엄 여자들이 있었다. 그러나 그들의 결혼은 깨어지지 않았다. 그들을 지금까지 함께 살게 한 것은 그저 관성이었을지도 모른다. 그러고 보니 엘렌과 피에르에게 닮은 점이 아예 없는 것은 아니다. 모험심이 충분하지 않다는 것 말이다. 그들에게 모험심이 전혀 없었던 것은 아니다. 모험심이 전혀 없었다면, 그들은 오직 상대에게만 충실했을 것이다. 그러나 그들은, 이따금 혼인서약을 배반하긴 했지만, 가족을 깰 만큼 모험적이진 못했다. 아이들은 좀더 모험적이었다. 큰아이 베로니크와 둘째아이 장폴은 벌써 이혼을 했으니 말이다. 더구나 베로니크는 이혼한 지 한 해도 안 돼 재혼을 했다. 엘렌과 피에르는 옛 사위 니콜라보다 지금 사위 디디에가 더 마음에 들었다. 성격이 활달하다는 것이 그들이 대는 이유였지만, 진짜 이유는 더 속물적인 것이었다. 그렇다고 그들의 속물됨을 탓할 수는 없다. 이름이 거의 알려지지 않은, 그러므로 미래를 알 수 없는 장식미술가보다 전도양양한 외교부 서기관을 사윗감으로 더 마음에 들어 하는 것은 사람들 대부분에게 자연스럽다. 오늘은 부활절 일요일, 가족들이 모이는 날이다. 해마다 가족들이 빠짐없이 모이는 것은 아니지만, 부활절에 엘렌의 집에서 소박한 가족 파티를 여는 것이 뒤피에 가(家)의 오래된 전통이다.

눈을 쳐들어보니 창밖으로 눈이 내린다. 올겨울 들어 눈이 몇 차례 오긴 했지만, 눈다운 눈은 처음인 것 같다. 내가 겉늙어서 그런지는 모르겠으나, 어려서처럼 눈에서 어떤 낭만 비슷한 감정을 느끼지는 못한다. 그저 길이 미끄러워질까봐 걱정일 따름이다. 집에서 출판사까지 가자면 비탈길을 두 번 지나야 해서 더욱 그렇다. 길이라기보다는 골목이라고 하는 것이 더 옳을 좁은 비탈들인데, 눈이 내리면 항상 얼음길이 되고 만다. 그 동네 사람들이 게으르거나 무심한 탓인지, 눈이 와도 도무지 치울 생각을 하지 않는다. 그래서 눈 온 뒤 얼음길이 된 그 비탈들을 오르내리려면, 혹시라도 넘어질까 두려워 장갑을 끼고 발에 힘을 잔뜩 준 채 엉금거려야 한다. 이따가 출판사로 들어갈 때 그 비탈들이 얼음길이 돼 있을까봐 벌써부터 염려스럽다.
　책 만드는 게 일이다보니, 저자들과 자주 어울리게 된다. 그러면서 글과 사람의 차이에 대해 자주 놀란다. 아니 처음에 자주 놀랐다. 이젠 그런 일을 하도 많이 겪어, 으레 그러려니 한다. '글이 사람'이라는 말은 확실히 과장된 격언이다. 글쓰기는 그 주체를 미화하기 마련이다. 이것은 심지어 자학적 글에서도 마찬가지다. 자학적 글의 저자는 그 자학으로써 자신을 미화한다. 자기혐오를 제 윤리성의 증거로 내세우는 것이다. 글을 보고 반한 사람은 많지만, 만나본 뒤에도 여전히 매혹적인 사람은 좀처럼 없었다. 거의 예외 없이 실망하게 된다. 그러다 보니, 이제 고작 서른을 조금 넘겼을 뿐이지만, 사람이라는 종(種)에 대한 신뢰가 점점 옅어진다. 물론 나 자신에 대한 신뢰 역시 마찬가지다. 이렇게 말하고 보니, 나 역시 자학을 윤리의 증거로 내세우는 글쟁이들과 별로 다를 바 없는 듯하다. 비록 나는 글쟁이가 아니지만. 그래서 글과 사람을, 책과 사람을 분리하는 것이 내겐 삶을 순탄히 이어나가는 데 중요한 방어기제다. 어떤 책을 읽으며 그 책 저자의 삶을 거기 포개놓는 순간, 책 속의 내 세계는 무너지고 만다. 아는 저자의 경우(극소수다) 그 포개기는 기억이 될 것이고, 모르는 저자의 경우(대부분이다) 그 포개기는 상상이 될 것이다. 어느 쪽이든, 책과 삶을 포개는 것은 위험한 짓이다. 그것은, 술 마실 때를 빼곤 오직 책 속에서만 어렵사리 생기를 유지하는 내 삶을 바스러뜨릴 수도 있는 짓이다. 나는 사람보다 책이 좋다. 그게 언제부터였는지는 모르겠다. 유년기를 되돌아보면, 책 읽는 나보다 동무들과 뛰노는 내가 더 선명히 기억된다. 아마 십대의 어느 때부터였을 것이다, 내가 책을 사람보다 더 좋아하게 된 것이.

책보다는 아닐지라도, 내가 사람을 좋아하긴 하는 것일까? 선뜻 그렇다는 대답이 나오지 않는다. 내가 좋아하는 사람이 있기는 한 것일까? 가족들을 포함시킨다면, 그렇다고 말하는 것이 올바를 것이다. 아니 가족 바깥에도 내가 좋아하는 사람이 아예 없는 것은 아니다. 그러나 가족들 가운데도 내가 좋아하는 사람은 몇 안 된다. 내 경우에 핏줄은 사랑의 통로가 아니다. 가족들에게 느끼는 감정조차 이럴진대, 가까이 지내는 친구가 많을 리 없다. 나는 고등학교 동창회에도 대학 동창회에도 나가지 않는다. 학교 다닐 적부터 가깝게 지내는 친구가 많지 않기도 했지만, 세월이 차츰 흐르니 그들과의 만남이 더 어색하다. 가끔 전화를 걸어오거나 전자메일을 보내오는 친구들이 있긴 하다. 그러나 내가 그들을 만나는 일은 거의 없다. 고등학교 동창회와 대학 동창회에 각각 딱 한 번씩 간 적이 있다. 나는 동창들과의 자리가 어색했다. 그들과 어울릴 수가 없었다. 내가 그들과 달라서일 것이다. 그런데 묘한 것은, 내 눈엔 그들끼리도 서로 달라 보이는데, 그럼에도 그들은 서로 흔쾌히 어울리고 친밀하게 굴기까지 한다는 것이다. 어떤 친구는 벌써 꽤 재산을 불렸고(아니면 부모로부터 증여나 상속을 받았겠지), 어떤 친구는 공직에서 야심찬 행로를 시작했다. 한 친구는 놀랍게도 스물아홉 살에 대학 전임교원이 되었다. 그 반대편에는 형편이 어려운 동창들이 있다. 하루하루의 삶이 고단해 보이는 친구들, 직장이 없거나 박봉에 시달리는 친구들, 가정이 쪼개진 친구들. 그런데도 이들은 계급적 신분적 차이를 넘어서 잘 어울린다. 계급적 신분적 사다리를 기준으로 삼으면, 나는 그 동창들 사이에서 어디쯤 자리잡고 있을까? 아마 아래쪽에 더 가까울 것이다. 아니면 중간 정도라고 해도 될까? 아니다, 아래쪽에 가깝다. 아주 아래쪽이라고 말할 수는 없지만. 그것도 그나마 아버지 덕분이다.

　가끔 어울려 술을 마시는 친구들은 있다. 그들 가운덴 허물없이 지내는 친구도 있다. 그러나 이들은 학연과 무관하다. 학교 다니던 시절 지방을 여행하다가 우연히 사귀게 된 친구들, 군대에서 가까워지게 된 친구들, 사회생활을 하면서 알게 된 친구들이다. 말하자면 이 친구들은 학교 동창들과 달리 내가 고른 친구들이다. 미리 구축된 동아리 안에서 서로 호감을 강요받은 친구들이 아니다. 그러니 어느 정도는 마음이 맞는 친구들일 수밖에 없다. 나이도 들쭉날쭉하다. 그 가운덴 가족보다 더 친밀감을 느끼는 친구도 있다. 더는 아닐지 몰라도 거의 가족만큼 친밀감이 느껴지는 친구들. 하기야 내가 가족들 모두에게 고르게 친밀감을 지니고 있는 것은 아니니, 이런 견줌도 부질없는 짓이기는 하다. 아무튼 그 친구들 가운데 몇몇을 나는 거의 내 누이들만큼이나 가까이 여긴다. 그들은 대개 술고래들이다. 알코올중독이 의심되는 친구도 있다. 아니, 나부터 그렇다. 고등학교 때 배운 술에 나는 완전히 홀렸다. 대학에 들어가고 세기가 바뀌면서, 내 주량은 엄청 늘어났다. 아버지 출판사에 취직을 한 뒤에도 술을 줄일 수가 없었다. 아니 오히려 술 마시는 시간이 더 늘어났다. 그것은 내 자학의 포즈가 점점 더 거칠어지고 있다는 뜻일까? 모르겠다. 그런데 그것은 그저 포즈일까? 그것도 모르겠다. 아, 내 마음 가장 깊은 곳에 뾰족하게 웅크리고 있는 자기혐오를 누가 이해하랴? 아내가? 영미나 민주가? 어머니, 아버지가? 글쎄, 아내라면 어렴풋이 짐작은 하고 있을지 모른다. 그러나 그녀도 그 혐오의 느낌이 어떤지는 세밀히 상상할 수 없을 것이다. 아내가 그럴진대, 다른 식구들은 어림도 없다. 오직 손위누이

14

만이 내 자기혐오를 거의 고스란히 이해했을 것이다. 이 자기혐오도 위선일까? 최소한 내 마음의 치료제일까? 그럴지도 모른다. 그러나 나는 글을 쓰는 일이 없을 테니, 적어도 이 자기혐오로 나 자신을 미화할 염려는 없다.

나와 몇몇 술친구들은 여느 사람들이 믿지 못할 만큼 폭음을 한다. 대학 시절엔 열두 시간 정도 술자리에 앉아 있으면 대개 만족할 수 있었다. 예컨대 저녁 일곱시에 술을 마시기 시작하면 이튿날 아침 일곱시쯤엔 술자리를 마칠 수 있었다. 그런데 어느 날부턴 술자리에 있는 시간이 그 곱절이 되었다. 말하자면 스물네 시간가량 계속 술을 마시게 되었다. 저녁 여섯시에 시작했으면 그다음날 저녁 여섯시까지. 낮 두시에 시작했으면 그다음날 낮 두시까지. 그러니 내 술친구들은 대개 백수거나 소위 예술가들일 수밖에 없다. 출근을 하지 않아도 되는 사람들 말이다. 나는 출근을 해야 하는 직장인이지만, 결근이 잦다. 스물네 시간 술을 마시는 건 내게 가능해도, 그 상태에서 곧이어 여덟 시간 사무실 일을 하는 건 불가능하다. 아버지는 그런 나를 못마땅해하지만, 그렇다고 날 직장에서 쫓아낼 생각은 하지 않는 것 같다. 사실 결근이나 조퇴나 오후 출근을 밥 먹듯 하는 게 아버지한테 미안하지는 않다. 그러나 편집부 직원들의 눈치가 보이기는 한다. 사장 아들이라고 젊은 나이에 편집장이 된 녀석이 하루건너 출근하기가 예사고, 항상 입에서 술냄새를 풍기니 좋아할 직원이 있을 법하지 않다. 그런 눈치를 못 챌 만큼 내가 둔하진 않다. 그러나 직원들 모두 나를 싫어하는 것 같지도 않다. 이대리는 워낙 가까운 후배니 그렇다 치고, 직원들 몇몇 역시 내게 호감을 지니고 있는 것 같다. 호감을 지니는 것까지는 몰라도, 적의를 보내거나 경멸하는 것 같지는 않다. 성실한 상사로 생각하지는 않겠지만, 그럭저럭 괜찮은 상사로는 여기는 것 같다. 적어도 돼먹지 못한 상사로 여기는 것 같지는 않다, 내 착각인지도 모르지만.

스물네 시간 술친구들이 너덧 된다. 그들은 서로 모르는 사람들이다. 나는 술친구를 여럿 섞는 게 내키지 않는다. 둘이 마시는 것, 또는 상대의 지인이나 내 지인이 합석해 서넛이 마시는 것 정도가 제일 좋다. 그 술친구들 가운데 P라는 이가 있다. 화가다. 우리 출판사에서 화집을 내면서 사귀게 된 친구다. 우리 출판사에서 화집을 내는 일은 좀처럼 없지만, 이 친구의 화집은 어떻게 알음알음으로 내게 되었다. 그림을 보는 눈이 내게 있을 리 없다. 그러나 이 친구의 그림은 나를 편안하게 한다. 주로 원색을 사용한 홑진 형상의 유화들이다. P가 글쟁이였다면 서로 친구관계에 이르지 못했을지도 모른다. 적어도 가까운 친구는 되지 못했을지 모른다. 글과 사람의 어쩔 수 없는 어긋남이 내 비위를 거슬렀을 수도 있을 테니 말이다. 그러나 내겐 그림과 그림쟁이 사이의 어긋남을 볼 눈이 없다. 무엇보다도, 그림은 위선을 떨기에 글보다 더 불리한 무기다. 물론 배에 기름이 잔뜩 낀 채로, 가난한 사람들의 비참한 삶만을 화폭에 담는 화가도 있을 수는 있겠지. 그렇지만 글에 견주어 그림은 위장(僞裝)의 섬세함이 떨어질 수밖에 없는 장르다. 그림에 반했다가 사람에게 실망하는 경우는 글에 반했다가 사람에게 실망하는 경우보다 드문 것 같다. 이 P라는 친구도 내가 보기에는 알코올중독자다. 물론 그 자신은 그것을 극구 부인한다. 그 근거로 내놓는 것이라야, 자신은 집에서든 아틀리에에서든 혼자 술을 마시는 법은 절대 없다는 사실 정도다. 반드시 말상대가 있어야만, 술상대가 있어야만 술을 마신다는 뜻이다. 그 친구 주장에 따르면, 아무리 조금씩 홀짝거린다 해도 혼자 술을 마시기 시작하는 버릇이 들기 시작하면, 그건 알코올중독의 전조다. 그러나 아무리 말술을 마셔도 사람들과 함께 마시면, 그건 알코올중독이 아니라는 것이다. 의사들이 그 친구 의견에 동의해줄지는 모르겠으나, 나도 그 말을 믿기로 했다. 그래야 나도 어쩌면 알코올중독자가 아닐지도 모른다고 자위할 수 있으니. 나 역시 술을 혼자 마시는 법은 거의 없다. 술집에서 친구들과 폭음할 때만이 아니라, 집에서 가볍게 목을 축일 때도 아내나 장모와 동석한다. 아내는 술을 그리 즐기지 않지만, 장모님은 소주 한두 병 정도는 드신다. 그래서 집에서 술을 마실 땐 장모님이 술친구가 돼준다. 그래도 술친구로는 장모님이 화가 친구 P만은 못하다. 장모님과 스물네 시간 술을 마실 수는 없지 않은가? 장모님은 나이도 나이려니와, 프로작과 수면제를 장기복용하고 있어서 그렇게 오랜 시간 깨어 있지도 못한다.

스물네 시간 술을 처음 마신 것은 두 해쯤 전 P와 함께다. 그전에는 내가 술자리를 그리 오래 견뎌낼 수 있을 줄 몰랐다. 그날(사실 이틀에 걸쳐 마셨으니 '그날'이라고 못박기는 어렵다), 스물네 시간을 오직 P와 함께 보낸 것은 아니다. 두 해 전 어느 겨울날, 나는 퇴근하자마자 일곱시부터 술을 마셨다. 마포의 한 횟집에서 소맥으로 시작했다. 술친구는 H라는 출판사의 영업부장이었다. 그 친구도 출판동네에서는 말술로 유명하다. 열시쯤 횟집이 문을 닫게 돼, 우리는 근처의 호프집으로 옮겨 생맥주를 마셨다. 해가 뜰 때까지 마실 생각이었다. 나는 출퇴근 관념이 없는 허릅숭이 직장인이었으니. 그러나 H출판사의 영업부장은 착실한 직장인이었다. 새벽 두시가 조금 넘었을 때, 그는 자리를 파하자고 제안했다. 주말이 아니었으므로 몇 시간 뒤 출근을 해야 했던 것이다. 나는 술자리에서 일어나겠다는 사람을 말리는 성격은 못 된다. 속된 말로 '갈갈말말', 곧 갈 사람은 가고 말 사람은 말자는 주의다. 그래서 그를 말리지 않았다. 그러나 그 친구를 보내고도 술이 성에 차지 않았다. 나는 혹시나 하고 화가 친구 P에게 전화를 했다. 그의 아틀리에로 말이다. 밤 작업을 예사로 하는 친구니 그때까지 깨어 있을지도 모른다고 생각한 것이다. 운 좋게도(또는 그뒤로 내가 버릇들이게 된 음주 행태를 생각하면 운 나쁘게도) P는 깨어 있었다. 게다가 술을 마시고 있었다. 제 여자친구와 함께. P는 내 전화를 반기며 당장 제 아틀리에로 오라고 재촉했다. 여자친구와 밸런타인 12년한 병을 비웠는데, 한 병이 더 있다는 것이다. 자기는 술을 더 마시고 싶은데, 여자친구가 이젠 돌아갈 참이어서 좀 섭섭한 차였다며. 마포의 호프집을 나온 나는 택시를 타고 쏜살같이 안암동에 있는 그의 화실로 달려갔다. P의 여자친구는 그때까지도 있었다. 나와는 초면이었다. L이라는 사람이었는데, 번역으로 먹고산다고 했다. 문득 들어본 이름 같기도 했다. 예쁘다고 할 수 없는 얼굴이었으나 정감 있는 얼굴이었다. 예쁘고 미운 것에 엄격한 기준이 있는 것은 아니겠지만, 그렇다고 전혀 기준이 없는 것도 아니다. 연기자 이영애씨와 김태희씨 가운데 누가 더 예쁘냐는 물음에 대한 답은 보는 사람의 취향에 따라 다르겠지만, 두 사람 다 미인이라는 데에는 모두가 동의할 것이다. 나역시 내 기준으로 예쁜 여자가 내 기준으로 수수한 여자보다는 더 좋

다. 그러나 내 기준으로 예쁜 여자가 꼭 내 기준으로 정감 있는 여자
는 아니다. 그럴 때 나는 정감 있는 여자에게 더 끌린다. 그러니까 내
가 L이라는 여자를 정감 있게 느꼈다는 것은 그녀에게 마음이 끌렸다
는 뜻이다. 그녀는 P나 나처럼 주당은 아닌지, 얼굴이 벌써 불그레해
져 있었다. 금방 자리를 뜰 것 같던 L은 계속 자리를 지켰다. 그래도
술은 더이상 못 마시겠다며, 커피를 내려 홀짝홀짝 마셨다. P와 나는
채 한 시간도 안 돼 남아 있던 밸런타인 12년을 모두 비웠다. 그날따
라 술이 잘 받았다. P도 평소보다 술을 더 탐하는 듯했다.

"한형, 우리 오늘 제대로 한번 망가져볼까?"

P가 말했다. 내가 바라던 말이었다. 불감청이언정 고소원이라.

"좋지, 나 오늘 출근 안 하면 그만이야."

아틀리에는 술이 더 남아 있지 않았다. P는 근처 24시간 편의점
에 가서 소주 한 병과 맥주 세 병을 사왔다. 컵라면 세 개와 함께. 우
리는 컵라면을 안주로 소맥을 마셨다. 어느덧 날이 밝아오고 있었다.
그때까지도 P의 여자친구 L은 자리를 지키고 있었다. 커피를 연이어
마시며, 그리고 이따금 P와 나의 대화에 한마디씩 끼어들며.

"청진동으로 진출하자구."

이번에는 내가 P에게 제안했다. P도 동의했다. 우리는 택시를 타고
청진동으로 향했다.

"계속 같이 있을 거야?"

P가 L에게 물었다.

"아니, 너무 졸려. 커피도 아무 소용이 없네. 청진동 가는 길에 나
좀 내려줘. 그리고 두 사람도 이만 끝내는 게 좋지 않을까?"

L이 좀 걱정스러운 표정이 돼 P에게 말했다.

"걱정 마. 죽지 않을 정도루만 마실게. 그리고 술 마시다 죽는 것, 그것도 한창 나이에 죽는 것, 그것 자체가 미적이지 않아? 예술가에게 걸맞은 죽음이지."

P가 말 안 되는 소리로 제 여자친구를 다독거렸다. L의 집은 마침 혜화동이어서 우리는 청진동으로 가는 길에 그녀를 바래다줄 수 있었다. 밝은 아침의 청진옥에서 P와 나의 술자리 제2라운드가 시작되었다. 우리는 술국을 안주로 소주와 맥주를 마셨다. 아침 열시쯤 되었을 때, P가 자기 학교 후배라며 C라는 여자를 불렀다. 알코올중독자들의 이인무에 끌려나온 가엾은 여자였다. 지금 돌이켜보면 꼭 그렇지도 않았지만. C 역시 나와는 초면이었다. 그래도 C가 P와 가까운 사이라는 건 한눈에 알 수 있었다. 둘은 서로 자연스럽게 말을 놓고 있었고, 거의 사생활에 가까운 이야기를 내 앞에서 주고받았다. 술기운 탓이든 나에 대한 친밀감 탓이든, P가 내 앞에서 별의별 얘기를 다하는 게 싫지 않았다. P의 후배 C도 화가였다. '화가였다'라고 말하고 나니 좀 이상하다. C가 죽은 사람도 아니고, 그뒤에도 나는 P와 함께 C를 몇 차례 더 봤기 때문이다. 지난해엔 그녀의 개인전에 가본 적도 있다. 그러니 이렇게 말을 바꾸겠다. C도 화가다. 그날 우리가 헤어진 것은 밤 여덟시가 다 돼서였다. 홍익대 앞 산울림극장 근처의 한 껍데기집이었다. 내 단골집이다. 그 집에서 그렇게 이른 시각에 나온 것은 그때가 처음이었다. 그 껍데기집은 오후 여섯시쯤 열어서 이튿날 늦은 아침에 문을 닫는 밤 술집이었기 때문이다. 보통은 3차나 4차쯤으로 대개 새벽 두시쯤에 가서 해가 뜰 때까지 마시다 나오곤 했는

데, 그날은 그럴 수가 없었다. 내가 술 마시기 시작한 지 스물네 시간 이 가까워지고 있었기 때문이다. 내 몸도 드디어 그만 마시라는 신호 를 보내고 있었다. 그래서 그 집에선 채 두 시간을 못 마셨다. 아침에 불려나온 C도 계속 우리와 함께 있었다. 술을 매우 절제하며 마시기 는 했지만.

그렇다고 P와 내가 그 전날과 그날에 걸쳐 스물네 시간 넘게 술자 리에 꼭 붙어 있었던 것은 아니다. 왜냐하면 우리는 몇 차례 술집을 바꿨기 때문이다. 마치 일제시대의 술꾼들처럼(유럽의 젊은이들은 지금도 그런다고 어디서 들은 것 같다), 우리는 술집을 화려하게, 바 쁘게 순례했다. 청진동에서 신촌으로, 신촌에서 인사동으로, 인사동 에서 숙명여대 앞으로, 숙명여대 앞에서 마침내 홍대 앞으로. 그렇게 이동하면서 우리는 택시를 타기도 했고, 가까운 술집이면 걷기도 했 다. 아마 그 짧은 걸음걸음이, 겨울의 찬바람과 어울려, 우리들의 술 기운을 그때그때 녹여주었을 것이다. 한자리에 꼼짝 않고 앉아 스물 네 시간 이상 술을 마시는 것은 아마 불가능했겠지. P의 끊임없는 수 다와 내 대꾸도 술에 취하는 속도를 늦췄을 것이다. C도 이따금 얘기 에 끼어들었다. 그날 우리가 무슨 얘기들을 했는지는 또렷이 기억나 지 않는다. 다만 그 얘기들이 정치, 예술, 과학, 연애 등 삶의 모든 분 야에 걸쳐 있었다는 것은 기억난다.

"이명박 정권이 이 정도일 줄은 몰랐네."

"난 충분히 짐작했는걸. 선거 전에 드러난, 또는 미심쩍게 덮인 온 갖 해괴한 일들을 보고도 예상 못 했단 말야?"

"이 정도까지리라곤 생각 못 했어. 그때 경선에서 박근혜가 이겼으면 이보다는 나았을 것 같아. 사실 투표에서 이기고 여론조사에서 진 거 아냐, 박근혜가. 경선 결과에 깨끗이 승복하는 걸 보니 사람도 괜찮은 것 같구."

"난 박근혜가 더 무서운데. 그래서 차기가 더 무서워."

"그 누가 하더라도 이명박만큼 못할 수가 있을까?"

"박근혜가 이명박보단 잘하겠지. 아니, 잘할 수도 있겠지. 그래도 난 찜찜해. 박정희 딸이 대통령이 된다는 게."

"지금이 무슨 연좌제 시대야?"

"연좌제는 무슨? 박근혜가 제 아버지 잘못을 조금도 인정 안 하니까 그렇지. 박근혜가 민주적으로 집권하면, 박정희 시대는 정당성을 얻게 된다구."

"정당성은 이미 얻었어. 한국 사람들이 제일 존경하는 대통령이 박정희라는 거 몰라?"

"글쎄 그건 아무 때나 변할 수 있는 여론조사구. 박근혜가 대통령이 되면 그런 평가가 공식적이 되는 거지."

"그게 왜 무서워?"

"난 무서워. 추체험일 뿐이긴 하지만, 박정희 시대를 상상하면 혐오감보다 공포심이 먼저 들어."

"박정희가 죽었을 때 태어나지도 않았으면서 넘겨짚기는. 그때도 사람 사는 세상이었을 텐데 뭘."

"히틀러 치하의 제3제국도 사람 사는 세상이었지. 그래도 난 그때를 상상하면 히틀러가 싫은 게 아니라 무서워. 스탈린두, 김일성, 김정일두 그렇구."

"하, 참 역사적 상상력이 섬세하시기도. 난 그것보다 피카소가 20세기의 가장 뛰어난 화가로 이미 확정된 게 더 무서워. 아니, 무섭달 건 없지만 기분 나빠. 역겨운 평론가놈들."

"피카소가 어때서?"

"사기꾼이지. 난봉꾼에다가."

"난봉꾼인 건 알겠는데, 왜 사기꾼이야?"

"그게 무슨 회화야? 그게 무슨 그림이야? 그저 이상한 붓질로 세상 사람들한테 사기를 친 거지. 뭣도 모르는 미술평론가들이 들러리를 서준 덕에. 화가 오지호는 지난 세기 30년대에 이미 그걸 알아챘지."

"그래도 젊었을 때 그린 데생을 보면 대단하지 않아?"

"그게 끝이야. 그게 피카소의 최대한이었다구. 그 데생력이 없었다면 사기를 칠 수도 없었겠지."

"그렇다 쳐도 그게 미술판에만 있는 일일까? 예컨대 문학판에서도 미끈한 글솜씨 하나 가지고 되도 않은 말들을 쏟아놓은 게 걸작으로 판단되는 경우가 있잖아. 아니, 많잖아."

"미술판에서 제일 심하지. 미적 판단의 근거가 조형예술에서 제일 물렁물렁하니까. 그렇다고 피카소가 난놈이 아니라는 건 아냐. 외려 그런 사기가 먹혀든 게 피카소의 재능을 보여주고 있다고도 할 수 있지."

"재능이라?"

"뛰어난 유전자라고 할 수도 있고."

"유전자?"

"응, 이기적 유전자. 도킨스 말이 그럴듯해. 피카소의 유전자는 뛰어난 데생력으로만 표현된 건 아니지. 그 데생력이 피카소 유전자의 표현형이라면, 피카소가 그 데생력으로 괴상망측한 그림을 그려서 미술평론가들로 하여금 자기에게 경배하게 했을 때, 평론가들의 그 경배는 피카소 유전자의 확장된 표현형이라고도 할 수 있지."

"피카소 흉내내는 추상화들은 피카소의 밈(meme)인 거고?"

"내 말이 그거야."

"결혼은 안 할 거야?"

"아마 안 하게 될 것 같아. 아직 젊으니 확정적으로 말할 순 없지만. 지현이는 잘 커?"

"응, 제 엄마 닮아서 착해."

그렇게 대답했을 때 술기운을 뚫고 나를 찔렀던 자괴감은 그날 술자리의 마무리 분위기를 망가뜨렸다. 적어도 내 기분은 그랬다. 그렇게 엄청 마신 술의 힘을 빌려서도, 나는 지현이에 대한 불안을 떨쳐버릴 수 없었다. 지현이…… 내 딸내미…… 나를 더러 지옥으로 이끄는…… 이 아이가 별탈 없이 자라줄까? 지현이가 제 엄마처럼 건강하고 활달한 여자로 자라나 누군가의 좋은 엄마가 될 수 있을까? 될 수 있을 것이다. 걔는 모자란 아비의 딸이기도 하지만 '넘치는', 매우 좋은 의미로 '넘치는' 엄마의 딸이기도 하니까.

"구속감 같은 거 안 느끼나? 결혼을 하고 나면 말이야."

"전혀! 앞으론 모르지만 아직은 전혀! 앞으로도 그랬으면 좋겠어. 팔푼이가 되기로 하고 털어놓자면 지현이 엄마는 나한테 과분한 사람이거든."

그것이 내 첫 스물네 시간 술자리였다. 뒷날 P도 그것이 자신의 첫 스물네 시간 술자리라고 털어놓았다. 스물네 시간 술자리는 시간 계산하기가 편하다. 두시에 시작했으면 그 다음다음 두시에, 여덟시에 시작했으면 그 다음다음 여덟시에 끝내면 되는 것이다. 그날 집으로 돌아와 나는 다음날 오전 열한시쯤까지 잤다. 깬 뒤에도 고생을 좀 했다. 몇 번을 게워냈다. 그리고 이런 스물네 시간 술자리는 앞으로 다시 없으리라 생각했다.

'미쳤지. 정말 술이 술을 마신다는 말이 무슨 뜻인 줄 알겠군.'

그런데 그게 아니었다. 한 달쯤 뒤 나는 P와 또 스물네 시간 술자리를 가졌고, 그뒤로 두 달에 한 번쯤은 P나 다른 친구들과 스물네 시간 동안 술을 마셨다. P와 마실 때는 끝까지 그와 마시게 되지만, 다른 술친구들과 마실 때는 중간에 파트너를 바꾸게 된다. 내 주위에 술꾼은 몇 있지만, P나 나처럼 미친 술꾼은 없기 때문이다. 자연히 P와 어울리는 일이 잦게 되었다. 그는 내가 전화를 하면, 잠자는 중이 아니라면 항상 달려나온다. 그렇다고 그와 만나기만 하면 늘 갈 데까지 가는 것은 아니다. 스물네 시간 술자리는 드문 편이고, 대개는 열두 시간 술자리로 끝난다. 세시에 시작했으면 무조건 그다음 세시까지, 여섯시에 시작했으면 그다음 여섯시까지. 아주 드물게는, 여섯 시간이나 일곱 시간 술자리로 끝내기도 한다. 어쨌든 얼마 되지 않는 내 친구들은 거의가 술친구들이다. 그러나 그 친구들마저도 내가 마음속 깊이 사랑하는 것 같진 않다. 어쩌면 가장 가깝다 할 P마저도. 가족들에 대한 내 감정이 그렇듯. 그 친구들도 나를 그렇게 대할 것이다. 내가 그들을 그리 대하는데, 그들이 어떻게 나를 진정으로 대하겠는가? 그러니까 우리는 서로를 도구로 사용하고 있는 셈이다. 친분과 우정이라는 그럴듯한 울타리 안에서 서로를 착취하고 있는 셈이다. 내가 너무 비뚤어진 건가? 여하튼 글보다 더 예쁜(인격적으로 말이다) 사람을 나는 거의 보지 못했다. P도 가끔은 자기 그림 밑에 짧은 글을 쓰는데, 글이 사람보다 더 예쁘다. 내가 가장 가까이 여기는 친구 P마저 내게 그렇게 느껴지니, 다른 사람들은 말할 나위가 없다. 내가 글을 쓰지 않는 것이 다행이다. 글을 쓰는 것이 업이든 취미든, 글쓰기는 위선을 피할 수 없을 테니 말이다. 물론 나는 안다. 어떤 불란서 사람이 얘기했듯, 위선이란 악이 선에게 드리는 경배라는 것을. 그러나 나는 선 앞에 무릎 꿇고 엎드림으로써 내 악을 눅이고 싶지 않다. 내 위선을 합리화하고 싶지 않다. 잘난 척하는 게 아니다. 글을 쓰든 안 쓰든 나는 위선자다. 나는 그걸 안다. 내 가족에 대해서도, 내 술친구들에 대해서도, 세계에 대해서도 나는 위선자다. 나 자신에 대해서도 나는 위선자다. 그러나 글을 씀으로써 그 위선을 더 크게 만들고는 싶지 않다. 나는 어떤 글도 쓰지 않을 것이다.

글을 쓰고 싶은 욕망이 전혀 없는 것은 아니다. 그러나 위선을 키우는 것보다는 글쓰기를 포기하는 것이 낫다. 내가 혹시라도 아내처럼 수학을 전공했다거나, 아니면 물리학이나 화학처럼 '단단한 과학'을 전공했다면, 그 분야에 대한 교양서적 정도는 쓸 수 있을지도 모른다. 미적분학이나 화학식에 위선이 개입할 여지는 (거의) 없으니. 그러나 나는 자연과학에 대한 지식이 거의 없다. 내가 쓸 수 있는 것이라곤, 대학교 때 겉핥기로 공부한 인류학 쪽 글이나 아무런 전문지식이 필요 없는 문학적 글이겠지. 그러나 그런 글에서 위선을 피하기는 어렵다. 그런 글에서 나를 미화하지 않기는 어렵다. 내 편견을 드러내지 않기는 어렵다. 나는 편집자로, 독자로 남게 될 것이다. 저자들의 위선을 혐오하고 이해하고 동정하고 때로는 찬양하는 편집자이자 독자 말이다. 글과 글쓴이 사이에 어떤 관계가 있다면, 그 관계는 아주 추상적 수준에서 이뤄지고 있을 것이다.

아마도 '글이 사람'이라는 격언의 원래 형태일 '스타일은 사람'이라는 격언은 조금 낫다. 스타일을 보고 이러저러한 성격을 지닌 이일 것이라고 짐작한 사람들은 글의 내용을 보고 내가 그 성격을 짐작한 이들보다는 나를 훨씬 덜 실망시켰다. 아니 덜 놀라게 했다. 적중도가 좀 높았다는 뜻이다. 황량한 문체의 글을 쓰는 사람들은 대개 그 내면이 황량해 보였고, 경쾌한 문체의 글을 쓰는 사람들은 대개 그 성품도 경쾌해 보였다. 그러나 그것 역시 정도의 차이였을 뿐이다. 강건하리라 짐작했던 사람이 실제론 여린 경우도 있었고, 겸손하리라 건너짚었던 사람이 실제론 오만하기도 했다.

언젠가 아내와 그것에 대해 얘길 나눈 적이 있다.

"왜 그렇게 사람이랑 글이랑 다른 경우가 많지?"

"호모사피엔스가 명민하기 때문이지. 그 말을 교활하다고 바꿔도 되려나? 암튼 치장하는 기술이 자연계에서 가장 뛰어날걸. 사람들이 쓰는 글이란 건 화장품이나 향수, 팔찌나 목걸이 같은 거지."

아내는 그걸 너무 당연히 생각하고 있었다.

"그게 자연스럽단 말이야?"

"그게 생물이 살아가는 방식인걸, 뭐. 당신은 정말 아직도 어른이 못 됐구나."

우리 세대에서는 매우 드물게, 아내와 나는 상대방을 여보, 당신이라 부른다. 나는 한때 아내를 누나라 부르기도 했지만, 결혼한 뒤에는 그 호칭이 징그러워졌다. 요즘 말로 '손발이 오그라든다'고나 할까? 그러나 대부분의 내 세대 부부들은 외려 여보, 당신이라는 호칭 앞에서 손발이 오그라들 것이다. 더러는 서로 이름을 부르기도 한다. '한민형씨!' '서현주씨!' 하는 식으로 말이다. 그러나 '민형아!' '현주야!'라고 상대 이름을 낮춰 부르는 법은 없다. 한때는 내가 아내를 '누나!'라고 불렀듯, 아내가 나를 '민형아!'라고 부르기도 했지만. 그러나 그것은 우리들 성장기 때 얘기다. 아내가 학교 다닐 때 내 손위누이와 단짝이었으니, 그 시절엔 그게 자연스러운 호칭이기도 했다. 그러나 지금은 다르다. 어른들 앞에서만이 아니라 단둘이 있을 때도, 우리는 서로여보, 당신이다.

아내가 호모사피엔스의 교활함에 대해서 얘기할 때, 그것은 우리종(種)에 대한 폄훼가 아니다. 그것을 그것 자체로, 삶의 조건으로 바라보는 것이다. 아내와 얘기하다보면, 나보다 세상을 잘 아는 손위누이와 얘기하는 느낌이 자주 든다. 하기야 아내가 나보다 나이가 위이니, 그게 별난 일은 아니겠다. 현명하다는 것과 낙관적이라는 것이 통하는지는 모르겠으나, 아내는 나보다 더 낙관적이다. 그리고 사람들에 대한, 세상에 대한, 삶에 대한 사랑이 다부지다. 나는 사람들 대부분에게서, 아니 극소수의 사람을 제외한 모든 사람들에게서, 악을 본다. 그들의 어리석음을 본다. 직접 만나본 사람들이든, 역사책 속의 사람들이든, 텔레비전 뉴스 속의 사람들이든. 아내는 나와 반대다. 그녀는 대부분의 사람들에게서 선을 본다. 그들의 현명함을 본다. 마그레브에 재스민혁명이 퍼져나갔을 때, 나는 그 지역의 독재자들에게만이 아니라, 그 독재자들을 내쫓고 권력을 새로 차지하려는 사람들에게도 별다른 호감이 가지 않았다. 내가 그 혁명 주체들의 속을 알 수야 없었지만, 나는 그들이 새로운 권력 사냥꾼들일 것이라 의심했다. 지진과 쓰나미가 일본을 덮치고 후쿠시마 원전이 체르노빌 위에 포개졌을 때, 나는 온 세계가 칭찬했던 일본인들의 질서의식과 규율을 위선으로 생각했다. 아니 위선까지는 아니더라도 그저 생존의 얄팍한 기술로 생각했다. 원전의 위험을 축소하려던 일본 정부에 대해서는 말할 것도 없고. 그러나 아내는 그러지 않았다. 아내는 마그레브의 혁명 군중들에게서 자유와 연대에 대한 고귀한 열망을 읽었고, 일본인들의 질서에서 인간의 위엄을 보았다.

"사람들은 대개 선해. 그래서 악한 사람이 더 두드러져 보이는 거지."

아내가 자주 내게 하는 말이다. 아내와 내가 보는 사람이 같은 대상일 때라도 그녀와 내 판단은 다를 때가 많다. 아내는 그들에게 일단 우애를 느끼는 것 같다. 내가 일단 경계와 적의를 느끼는 것과 달리. 똑같은 사람들에게서도 나는 나쁜 점을 먼저 보고 그 나쁜 점을 크게 보는 데 비해, 그녀는 좋은 점을 먼저 보고 그 좋은 점을 크게 보는 것이다. 진화심리학에 대해 아는 바는 거의 없지만, 이 매력적인 학문은 나와 아내를 동시에 지지하는 것 같다. 호모사피엔스는 수백만 년 동안의 진화를 통해 집단적 공격성과 동족 살해에 친화적인 유전자를 북돋우고 간직해왔지만, 그럼에도 불구하고 호모사피엔스 암컷은 호모사피엔스 수컷에 견줘 훨씬 협력적이고 평화 애호적인 방향으로 진화해왔다는 사실 말이다. 그러니 아내와 나의 견해가 크게 다른 것은 놀랄 일도 아니다. 삶에 이르러서는 더욱더 그렇다. 나는 아무리 낙관적인 사람, 아무리 운이 좋은 사람이라 할지라도, 삶의 여정에서 즐거운 일보다는 괴로운 일을 더 많이 겪으리라고 생각한다. 그래도 사람들이 자살하지 않는 것은 그저 본능적인 장생의 욕망, 죽음 뒤의 불확실함과 두려움 때문이리라 생각한다. 유전자가 '퍼짐'이라는 목표를 이룬 뒤에도 그 유전자를 나르는 개체가 오래오래 살고자 계속 버둥거리는 것은, 겁 많고 탐욕스러운 뇌가 유전자의 뜻을 거스르기 때문이라는 의견에 나는 동의한다. 그러나 아내는 삶 자체를 그렇게 생각하지 않는다. 아내는 삶을 하늘로부터 받은 복이라고 생각하는 것 같다. 아내는 늘 쾌활하고 생기 있다. 그것이 나한텐 불가사의하게 느껴진다. 아내의 성장 환경을 보거나, 지금의 이런저런 조건들을 보거나 특별히 행복해할 이유가 그녀에게는 없기 때문이다. 우선 그녀의 남편이 나라는 사실만 해도 그녀에게는 충분히 불행의 연료가 될 수 있을 것이다. 어떻게 생각하면 지현이의 존재도 그렇다. 그러나 아내는 그렇게 생각하지 않는 것 같다. 그녀는 밝다. 그녀는 내 수호자다. 그리고 지현이의 수호자다. 아내는 내게, 그리고 지현이에게 그 밝음을 나눠준다. 나는 아내의 그런 튼튼한 낙관주의가 그녀의 노력에 힘입은 것인지, 타고남에 힘입은 것인지 모르겠다. 하기야 노력에 의한 것이라 할지라도, 그 노력할 수 있는 능력과 기질은 타고난 것일 테다. 아내의 그 불가사의한 생기가 나를 그녀한테로 이끌었다. 내가 이 세상에서 아무런 유보 없이 사랑하는 사람이 있다면, 오직 아내 한 사람일 것이다. 지현이에게만 해도 내 정이 아내에 대해서만큼 짙지는 않다. 물론 나는 그 아이를 사랑하지만, 그 사랑에는 한 가닥 그늘이 드리워져 있다. 아니, 여러 가닥의 그늘이, 짙은 그늘이 드리워져 있다.

"한민형님, 들어오세요."

위생사가 나를 부른다.

나는 진료실로 들어가 위생사가 지정해준 진료의자에 앉는다.

"오랜만에 오셨네요. 오른쪽 윗잇몸이 아프시다구요?"

의사가 묻는다. 이 치과엔 예닐곱 번 온 것 같다. 의사가 고등학교 선배의 친구인데, 한번 다녀 버릇하니, 다른 데론 가게 되질 않는다. 이 의사 앞에서 나는 늘 안심한다. 그래서 집에서 먼데도 굳이 이 병원엘 오게 된다. 집 근처에도 치과가 두 곳 있다. 거길 굳이 가지 않는 것은 새로운 것에 대한 내 생래적 두려움 때문일 것이다.

"예, 이세탁스를 일주일 이상 사용해봤는데도 효과가 없어서요. 인사돌두 마찬가지구요."

나는 나이에 견줘 치아가 매우 나쁘다. 어려서 단것을 좋아했던 탓에 그런지도 모르고, 커서 술 담배를 너무 탐한 탓에 그런지도 모른다. 술 담배를 배우고부터는 입에 당기지 않아 멀리하고 있지만, 나는 어려서 사탕과 초콜릿에 광적으로 탐닉했다. 그리고 이를 닦는 데 게을렀다. 아침을 먹은 뒤 대충대충 닦았을 뿐, 점심때나 잠자리에 들기 전엔 이를 닦지 않았다. 지금도 점심때는 닦지 않는다. 이십대 후반에 이가 나빠지고 있다는 것을 느낀 뒤에야, 잠자기 전에 이를 닦는 버릇을 들였다.

내 기억이 정확하진 않지만, 한국인의 아침 양치질 습관이 언젠가부터 변한 것 같다. 초등학교 들어가기 전에, 나는 일어나자마자 이를 닦았다. 다시 말해 아침을 먹기 전에 이를 닦았다. 나만이 아니라 가족들도 그랬던 것 같다. 그런데 초등학교에 들어간 뒤로는 아침을 먹은 뒤에 이를 닦는다. 뒤쪽이 더 위생적이고 합리적인 것 같기는 하다. 그런데 그전엔 왜 일어나자마자 이를 닦았을까? 내 기억에 어느 정도 자신이 있는 것이, 어려서 배운 동요에도 일어나자마자 이를 닦는다는 가사가 있었다.

"둥근 해가 떴습니다 자리에서 일어나서/ 제일 먼저 이를 닦자 윗니 아랫니 닦자/ 세수할 때는 깨끗이 이쪽저쪽 목 닦고/ 머리 빗고 옷을 입고 거울을 봅니다/ 꼭꼭 씹어 밥을 먹고 가방 메고 인사하고/ 학교에 갑니다 씩씩하게 갑니다."

이 닦고 세수하고 나서야 밥을 먹었던 것이다. 이 닦는 순서 때문에 지금 내 이가 이렇게 나빠진 건 아니지만 말이다. 술도 일찍 배워 거기서 헤어나지 못하고 있지만, 담배도 마찬가지다. 내가 담배에 맛을 들인 것은 고등학교 이학년 때쯤인 것 같다. 누구나 그렇듯이 순전히 멋으로 피워 버릇한 것인데, 어느 순간부터 담배의 노예가 되고 말았다. 술을 안 마시는 날도 한 갑 넘게 피운다. 술을 마시는 날은 몇 갑을 피우는지 셀 수도 없을 만큼 줄담배. 그러니 이가 멀쩡할 리 없다. 이만이 아니라 잇몸도 그렇다. 잇몸병이 나는 것은 대개 마흔이 넘어서라는데, 나는 이십대 때부터 잇몸이 좋지 않았다.

"언제부터 그랬어요?"

"한 보름 정도 된 것 같아요. 평소엔 아프지 않은데, 뭘 먹을 때나 양치질할 때 심하게 아파요."

위생사가 내 얼굴을 종이로 감싼다.

"아, 하고 입 크게 벌려보세요."

의사가 지시한다.

"염증이 아주 심하군요. 평소 이를 닦으실 때 꼭 어금니 뒤쪽까지 닦으세요."

의사가 마취주사를 놓는다. 한 번, 두 번, 세 번.

염증 부위가 넓은 모양이다. 보통은 한 번이나 두 번만 놓는데. 잇몸에 감각이 없어진다.

"입 헹구시고 잠시만 기다리세요."

의사가 이렇게 말하고, 커튼 건너편 진료의자에 앉아 있는 환자에게로 간다. 나는 몸을 일으킨 뒤 입을 헹구고 멍하니 창밖을 바라본다. 여전히 눈이 내리고 있다. 눈을 좋아하진 않지만, 눈을 소재로 한 대중가요들은 더러 듣는다. 대개 오래된 노래들이다. 부모 세대의 음악들. 살바토레 아다모의 〈눈이 내리네〉 같은 노래나 영화 〈러브스토리〉에 나왔던 〈스노 프롤릭〉 같은 곡들. 대중가요에 관한 한, 나는 완전히 부모 세대 취향이다. 내 마음은 1990년대 이후의 노래들에보다 1970년대 노래들에 더 날쌔게 감응한다. 이장희나 신중현의 노래들. 나는 서태지의 음악에 반해본 적이 없다. 한참 내려와서, '소녀시대'에도 '카라'에도 매력을 못 느낀다. 외려 아버지가 그 꼬마들을 좋아하는 것 같다. 세대가 뒤바뀐 꼴이다. 의사가 다시 왔다. 치료는 십 분도 걸리지 않았다. 나는 다시 몸을 일으켜 입을 헹궜다. 피가 진하게 섞여 나온다. 마치 이를 뽑기라도 한 듯. 한두 번 헹궈도 피가 계속 나온다. 나는 피를 다 씻어내려고 물을 다섯 컵이나 사용한다. 잇몸이 많이 상해 있긴 한 모양이다. 발치를 한 것도 아닌데, 간호사는 내 이에 솜뭉치를 끼워준다.

"한 이십 분 정도 물고 계시다가 버리세요."

의사가 진통소염제를 처방해준다.

"닷새 친데 혹시 이삼 일쯤 먹은 뒤 통증이 느껴지지 않으면 더 안 드셔도 됩니다. 그래도 한두 번은 더 오셔야겠어요. 간호사랑 다음주 아무 날이나 약속을 잡으세요."

"혹시 오늘 술을 마셔도 됩니까?"

나는 어림도 없는 질문을 의사에게 던졌다.

"세상에 금지돼 있는 건 없어요. 마셔도 되지요. 근데 오늘 술을 드시면, 치료기간이 두 배 이상 길어질 거예요. 저 같으면 완치될 때까지 술을 안 마실 겁니다."

이 의사는 유머감각이 있는 사람이다. 유머감각이라기보다 융통성이라고 해야 할까. 나는 한 시간쯤 뒤 우리 출판사 예비 저자 M교수와 약속이 있다. 그리고 나는 술 없이는 낯선 사람과 얘기를 못 한다. 낮이든 밤이든. 남과 얘기하는 데 반드시 술이 필요하다는 건 아니지만, 술 없이 얘길 나누는 것이 열없다. 더구나 오늘 저녁땐 아내가 분명히 술을 내올 것이다. 그 술은 내가 마셔야만 하는 술이다. 내가 M교수와 얘기하면서 술을 참아낼 수 있을까?

"알겠습니다. 다음주에 뵙겠습니다."

나는 간호사에게 다음주 수요일 오후 두시에 오겠다고 예약을 하고 병원을 나선다. 눈이 계속 오고 있다. 나는 광화문 네거리 근처의 약국에 들어가 처방전을 들이밀고 닷새 치 약을 샀다. 그리고 M교수와 약속한 종로2가의 카페 조르노를 향해 걸었다. 마취가 풀리지 않아 이야기를 제대로 할 수 있을지 좀 걱정이 됐다. 더구나 그와는 초면이다. 걸으면서 입으로 '아 이 우 에 오'를 되풀이했다. 일종의 준비운동이었다. 약속시간은 한 시간 정도 남아 있었지만, 먼저 가서 기다리기로 했다. K문고에 잠깐 들를 생각도 했지만, 이내 마음을 바꿨다. 서점을 점검하는 건 영업부장 K의 몫이니까. 출판사 일을 한 뒤로 그전보다 외려 서점엘 더 드문드문 가게 된다. 카페 조르노의 한구석에 앉아서도 '아 이 우 에 오'를 반복했다. 일본어 학습 첫 시간처럼.

M교수의 첫인상은 그리 곱지 않았다. 약간의 거드름이 느껴졌다. 그러나 그는 나이 차가 많이 나는 나에게 꼬박꼬박 경어를 썼다. 경어는 상대에 대한 배려이기도 하지만 거리두기이기도 하다. 경어만이 아니라 모든 예의범절이라는 것이 그럴 것이다. 나는 그것이 편하다. 나는 사람을 만나 쉽게 말을 트지 않는다. 말을 튼다는 것은 친구가된다는 것인데, 그것은 또 한 사람의 타인이 내 삶 속으로 들어온다는 의미다. 나는 그것이 불편하다.

"선생님께서 써주신다면 저희 회사로서는 큰 영광이겠습니다."

아, 이런 입에 발린 말을 하는 것이 비즈니스다. 나는 내 그런 혐오스러운 말투에 점점 익숙해지고 있다. 더구나 오늘은 마취가 완전히풀리지 않아 발음을 명료하게 할 수도 없다. 나는 치과에 들른 사정을얘기하고 양해를 구했다. 그러고는 최대한 똑똑한 발음을 내려고 애썼다.

"선생님 책들도 열심히 읽었지만, I가 제 고등학교 동기여서 선생님 말씀을 많이 들었습니다."

"아, 그랬군요. 그러잖아도 비슷한 구상을 하고 있긴 했어요. 그런데 안식년도 아니고, 다음 학기부터 학과장을 맡게 돼 시간이 날진 모르겠습니다. 오늘은 확답을 드릴 수가 없네요. 출판사에서 원하는 구

체적 틀이 있나요?"

"아닙니다. 젊은 저자들과는 책의 틀을 같이 짜기도 하지만, 선생님 같은 분께 저희가 간섭을 할 수는 없지요. 그냥 써주시기만 하면 됩니다."

"그래도 출판사에서 대강 틀을 짜주면 쓰는 데 도움이 될 것 같기는 해요."

"그럼 한번 저희가 틀을 짜보겠습니다. 일주일 안에 이메일로 보내드리겠습니다."

출판사에서 틀을 짜주지 않아도 M교수는 조교에게 그 일을 맡길 게 분명하다. 뭐, 그걸 비난할 수는 없다.

"써주시는 거지요, 선생님?"

"생각은 해봅시다. 그런데 아무래도 시간을 낼 수 있을지……"

그렇다면 도대체 왜 만나준 거야? M교수는 와인을 두 잔 마셨다. 나도 와인이나 맥주가 당기긴 했지만 꾹 참았다. 치과의사 말이 맞다. 세상에 금지돼 있는 건 없지만, 모든 것을 다 해볼 필요는 없다. 더구나 저녁때는 조금이라도 술을 마시게 될 터였다. 카페 조르노에서는 계속 라틴 음악을 내보내고 있었다. 이탈리아와 스페인 노래 들을. 한국 대중가요들과 마찬가지로, 나는 외국 노래들도 부모 세대의 옛것들을 좋아한다. 사이먼과 가펑클이나 밀바를, 더 올라가서는 트리오 로스 판초스를. 이 모든 것이 손위누이의 영향을 받아서 그런 것 같다. 누이는 거의 모든 유행에서 복고주의자였다. 좀 미화해서 얘기하면 고전주의자였다. 책 읽기에서도, 영화 보기에서도, 옷차림새에서도. 누이 얼굴이 벌써 흐릿하다. 사진을 볼 때만 또렷이 기억난다. 서른이 채 안 된 그 얼굴. 누이는 내가 죽을 때까지 그 나이일 것이다. 그 얼굴일 것이다.

"출판사는 잘됩니까?"

"요새 출판시장이 다 그렇잖아요. 선생님 책을 베스트셀러로 만들어드리겠다고는 장담 못 하겠지만, 저희 정성을 다해서 품위 있는 책을 만들어드리겠습니다."

"사실 몇 달 전에도 Y출판사에서 비슷한 제의가 왔거든요. 그땐 거절했는데, 내가 K출판사에서 내면 그쪽에서 욕하지 않을까 하는 걱정도 드네요."

"Y출판사에서 내면 분명히 책은 더 나갈 겁니다. 광고도 많이 칠거고, 그쪽이 언론사에 대한 홍보력도 저희보다 더 있구요. 그렇지만 책의 성격은 저희 출판사에 더 맞지요. Y출판사는 소위 자기계발서로 큰 회사 아닙니까?"

"그렇긴 하지요."

"암튼 선생님, 이 주제로 쓰시면 꼭 저희 출판사에서 내셔야 합니다."

"아무래도 그래야겠지요."

카페 조르노를 나설 땐 눈이 그쳐 있었다. 한창 낮이 짧을 때라지만 여섯시가 갓 넘었을 뿐인데 어둠이 묵직이 깔려 있다. 종로타워 너머 하늘에서 천둥이 울었다. 잠시 쉬었다 눈이 한바탕 더 퍼부을 기세다. M교수와 헤어진 뒤 나는 종각역을 향해 걸음을 옮겼다. 차도에는 차들이 지지부진 움직이고 있었고, 인도의 사람들은 어쩐지 서두르는 기색으로 분주했다. 눈 덮인 보도를 돌진하듯 거침없이 내디디며 마주 걸어오는 한 오피스룩 차림의 여자를 피하려고 나는 보도블록 아래로 발을 옮겼다. 철푸덕, 하는 느낌과 함께 차가운 액체가 구두 속으로 침투해 들어왔다. 염화칼슘에 녹아 질척해진 눈구덩이에 발을 디딘 것이다. 오줌이 마려웠다. '세상에 금지된 것은 없습니다', 느닷없이 이 문장이 내 입밖으로 중얼중얼 흘러나왔다.

한진규(1950~)

　민형이가 들어왔다. 치과에서 잇몸 치료를 한 뒤 M교수를 만나고 왔다 한다. "이는 좀 괜찮니?"라고부터 나는 물어야 했을 것이다. 그러나 "M교수가 쓰겠대?"라는 말이 먼저 나가고 말았다. 그 순간 아차, 했지만 엎지른 물이었다. 참, 아비라는 자가. 하기야 내가 그리 섬세한 아비는 못 된다. 이 아이가 어려서부터 그랬던 듯싶다. 나는 민형이를 아낀다고 생각해왔지만, 자식들 가운데서도 가장 아낀다고 생각해왔지만, 그건 나 좋을 대로 해온 생각인지도 모르겠다. 아니, 나는 분명히 이 아이를 아꼈다. 이 아이가 나를 실망시킨 뒤에도 말이다. 그리고 내 정이 이 아이에게 자연스레 전달되리라 여겼다. 그러나 사실은 그렇지 못했다. 어쩌면 민형이가 유달리 뒤틀린 녀석이어서 우리 둘의 관계가 이 지경이 됐는지도 모른다. 아니, 실제로는 민형이는 내게 정을 주고 있는데 내가 무뎌서 그 정을 못 느끼고 있는지도 모른다. 정이라는 것이 꼭 바깥으로 드러나야 한다는 법은 없으니. 그래도 나에 대한 민형이의 사무적 태도는 늘 마음에 걸린다. 민형이가 나를 그렇게 대하니, 나 역시 민형이를 사무적으로 대하게 된다. 서로 대하는 태도가 너무 비대칭적이 되는 게 나로선 열없는 것이다. 우리 사이에 정이 있다고 하더라도, 그 정은 고여 있는 정이다. 정이라는 것이 움직였다면, 서로에게 조금씩이라도 전달됐다면, 민형이와 나 사이가 지금 같지는 않았을 것이다. 제 처를 대하는 걸 보면, 민형이가 원래 정이 없는 녀석은 아니다. 아니, 어려서부터 제 누이들을 대했던 모습을 돌이켜봐도 그렇다. 특히 민희에게 그 아이는 얼마나 살가웠던가? 그렇다면 잘못은 내게 있는 건가? 내가 사랑이라고 여겼던 것은 단지 내 욕심이었던 것일까?

M은 요즘 젊은이들에게 꽤 널리 읽히는 사십대 정치학자다. 흔해빠진 보수 주류 정치학자들과는 이론의 틀이나 시각이 사뭇 달라서 그렇기도 하겠지만, 글을 쉽고 아름답게 쓴다. 내 출판사는 얼마 전, 한국 정치가 미국 정치에서 받은 영향을 바탕에 깔고, 두 나라 정치문화의 차이를 살피는 책을 기획했다. 민형이의 아이디어였다. 저자로는 M이 적격이었다. 본디 미국 정치가 전공인데, 요즘 들어 한국 정치에 대해 활발히 발언하고 있기 때문이다. 주로 신문 칼럼을 통해서였다.

"반반이에요. 썩 내켜하진 않았는데, 한번 써보겠다고는 하네요. 제 고등학교 동기가 M교수 밑에서 석사논문을 썼잖아요. 사실 별로 가까웠던 친구도 아닌데, 그 친구 이름을 팔아먹었죠. 기획 내용이 마음에 안 차는 게 아니라, 좀더 큰 출판사에서 책을 내고 싶은 눈치예요. 제가 확실히 다짐받아놓긴 했어요. 이 주제로 다른 출판사에서 책을 내면 안 된다구요. 없는 존경심을 내보이자니 좀 떨떠름했어요. 출판사에서 대강 틀을 잡아줬으면 하는 눈치더라구요. 그래서 제가 한번 만들어보겠다고는 했어요. 너무 큰 기대는 하지 마세요. 계약을 하게 되더라도 좀 까탈스럽게 굴 것 같은 사람이에요."

"학자가 까탈스러운 건 단점이 아니라 장점이지. 그만큼 자기 글을 소중히 여긴다는 뜻일 테니까."

"그런 의미에서 까탈스럽다는 게 아니라, 잇속에 밝은 사람이라는 느낌이 들었다는 뜻이에요."

"뭐 그거야 그 사람의 타고난 됨됨이일 거고. 우리야 반듯한 원고만 받으면 되지. 반반이라고 해도 네 느낌이 있을 거 아냐? 원고를 줄 것 같니?"

"전혀 감을 못 잡겠어요. 쓸 마음이 있는 건 확실해 보이는데, 시간을 낼 수 있을지 모르겠다는 말만 자꾸 해서요. 만약에 우리가 내게 되더라도, 다른 책보다 홍보에 더 신경을 써야 할 것 같아요. 그런 걸 중요시하는 사람 같아요. 모든 저자가 그렇긴 하지만."

"그렇다고 다른 필자들 책과 달리 신문에 5단 광고를 펑펑 칠 순 없잖아?"

"다른 필자 책들도 광고를 치면 되죠. 저희가 광고에 좀 인색한 건 사실이잖아요. 전면 광고도 예사가 돼버린 세상인데. 아버지도 그 결벽증 좀 버리세요."

사실 그건 내 결벽증 때문은 아니다. 아니, 결벽증이 조금은 작용했는지도 모른다. 텍스트의 질이 아니라 광고효과로 판매를 늘리는 요즘 풍조가 썩 맞갖지는 않다. 그러나 내가 사회과학책 광고에 인색한 건 그런 결벽증에서라기보다 광고효과가 그리 크지 않다는 판단 때문이다. 내 출판사에선 초창기 몇 년을 제외하곤 거의 사회과학서적과 외국 소설만을 내왔다. 소설 광고는 그럭저럭 내지만, 사회과학책은 어지간해서 신문 광고를 안 한다. 외국 소설 광고에 내가 인색하지 않은 것은 문학에 대한 존경심 때문이 아니라 실제로 광고효과가 있기 때문이다. 사회과학책과 달리 외국 소설책을 고르는 데 나는 아주 보수적이다. 일단 저자의 모국이나 다른 나라에서 큰 판매량을 보인 책 중심으로 계약한다. 말하자면 이미 검증된 작가를 택하는 것이다. 아니면 로열티를 지불할 필요가 없는 고전소설들을 번역하든지. 세 해 전부터 내온 '19세기 프랑스 소설' 시리즈는 광고를 그리 많이 치지도 않았는데, 꾸준히 팔려나가고 있다. 내 출판사에서 M교수의 책을 내는 것은 이번이 처음이다. 내게 된다면 말이다. 민형이가 M교수와 이메일로 몇 차례 의견을 주고받긴 했으나, 그가 선뜻 대답하질 않았다. 아무튼 오늘 민형이가 직접 만난 자리에서 반쯤은 해결을 한 모양이다.

"사람이 괜찮은지는 모르겠어요. 글을 보면 똑똑한 사람인 건 확실한데, 자기 글처럼 행동하고 살아가는 사람인지 좀 의심스럽더라구요."

민형이가 좀 냉소적으로 말했다. 그러고는 덧붙였다.

"하기야 사람들이 다 그렇죠. 자기 글처럼 사는 사람이 얼마나 있겠어요. 나이에 비해 좀 늙어 보이던데요. 사진으로 볼 때보다 머리숱이 적더라구요."

"네 말이 맞아. 자기 글대로 사는 사람이 세상에 얼마나 되겠니? 그게 그만큼 어려운 일이라는 뜻이겠지. 글로라도 옳은 소리 하면 그나마 다행인 게지. 요즘엔, 책이든 신문 글이든 차마 못 읽을 글들이 너무 많더라. 넌 좋은 뜻으로 내게 '결벽증' 운운했겠지만, 너야말로 그 결벽증 좀 버려. 꼭 출판사 일에서만이 아니라 살아가는 데서 말이야."

"정말 그렇게 생각하세요, 아버지? 저한테 결벽증이 있다구요?"

"그렇지."

그렇게 대답하면서 마음 한구석이 아려왔다. 민형이는 결벽증이라는 딱지가, 좋은 의미든 나쁜 의미든, 제게 붙는 것에 혐오감을 느낄 것이다. 무지막지한 혐오감을. 무지막지한 자기혐오감을. 이 아이의 운명을 생각하면 안쓰럽다 못해 가슴이 찢어진다. 그 일 이후에도 민형이는 아무렇지도 않은 듯 살아가고 있지만, 그 속이 얼마나 황량하랴. 이 아이는 죽을 때까지 그 황량함을 지우지 못하고 묵묵히 감당해내야 할 테다. 따지고 보면 그게 다 제 잘못이긴 하지만, 어떨 땐 내 잘못인 것 같기도 하다. 정말 내가 전생에 큰 죄를 지어 그 일이 생긴 것만 같다. 내가 받아야 할 벌을 민형이가 대신 받고 있는 것 같다. 이 아이를 낳고 키우면서 나는 얼마나 자랑스러웠던가. 그런데 이젠, 민형이가 나와 피로 연결된 사이가 아닌 것 같다. 그저 일로만 연결된 사이, 직장 상사와 부하직원 사이인 것만 같다. 내가 이 아이에게서 먼저 멀어진 것은 아니다. 언제부턴지 민형이가 내게서 멀어져갔다. 대학에 들어간 뒤에는 더 멀어졌고, 그 일 이후엔 더욱더 멀어졌다. 온전한 뜻에서 가족이라고 할 수 없는 사이가 되었다. 나도, 제 어미도, 아니 가족들 모두가 충격을 받았지만, 당사자 속은 얼마나 더 시커멓게 타들어갔을까.

그때 나는 아비로서 좀더 침착했어야 했다. 그러나 그러질 못했다.

아이 어미는 나보다 한술 더 떴다. 거의 미친 여자처럼 굴었다. 그것도 이해할 만은 하다. 아니, 이해할 만한 정도가 아니라 아이 어미의 태도는 아주 정상적이었다. 그때 아이 어미가 미친 여자처럼 굴지 않았다면, 그것이 오히려 미친 짓이었을 것이다. 아이의 마음을 헤아리기에는 아이 어미의 분노와 역겨움이 너무 컸다. 아이 어미가 성인군자나 급진적 반(反)관습주의자도 아니고. 나도 그땐 민형이에게 세상에서 가장 차가운 눈길을 보냈다. 아이 어미가 그렇게 난리를 치고 있으면 나라도 중심을 잡아야 했건만, 나도 내 감정을 추스를 수 없었다. 그나마 민형이를 이해해준 것은 민주와 영미였다. 그 아이들이라고 어찌 충격을 받지 않았겠는가. 그러나 민주와 영미는 이내 정신을 바로잡고 제 오라비를 감쌌다. 딸내미들이 나나 어미보다 더 어른스러웠다. 그리고 현실을 빨리 받아들였다. 민형이는 나랑도 소원하지만, 제 어미와는 거의 말을 섞지 않는 것 같다. 하기는 그 일 이전에도 민형이는 제 어미를 싫어했다. 세상에 그렇게 서로 원수 보듯 하는 모자도 드물 것이다. 근자에 아이 어미는 민형이에게 다가가려고 갖은 애를 쓰고 있는 것 같지만, 민형이의 태도는 얼음처럼 차갑다. 꽤 많은 세월이 흘러가기 전엔 둘이 화해할 수 있을 것 같지 않다. 어쩌면 영원히 화해할 수 없을 것 같기도 하고.

그 일 때문에 아이 어미가 민형이를 한동안 사람 취급 안 했던 건 이해가 간다. 그래서 민형이도, 제 죄를 알면서도, 제 어미를 곱게만 대할 수는 없었을 테고. 그러나 그 이전부터 민형이는 제 어미를 싫어했다. 도대체 왜 그랬을까? 여러 이유들이 포개지면서 그리 됐겠지만, 결정적 이유는 뭘까? 어렴풋이 짐작이 가기는 한다. 내 짐작이 옳다면 영미 때문이었을 것이다. 그런데 영미 문제에 대해선 내게도 책임이 있다. 처음부터 내가 사태를 방관하고 어정쩡한 태도를 보였으니까. 아니, 그 아이를 공평하게 대하질 않았으니까. 그런데 내가 정말 그랬나? 잘 판단이 서질 않는다. 영미는 내게 민희나 민주와는 조금 다른 딸이었나? 지금은 어떤가? 그런 것 같기도 하고 아닌 것 같기도 하다. 나로서는 영미에게 정을 주었다고 생각한다. 그 정이 전달되지 않았을 수도 있겠지만. 어찌됐든 돌이켜보면 나도 부끄럽다. 나는 설마 민형이 어미가 영미를 그렇게 다룰 줄은 상상도 못 했다. 나는 아이 어미가 영미를 들인 것이 오로지 선의와 연민에 따른 것이라고만 생각했다. 그것이 아니었다는 것을 안 뒤에도, 나는 영미를 잘 지켜주지 못했다. 그저 시늉만 했을 뿐이다. 아니, 나로선 시늉이 아니라 진심이었지만, 영미나 다른 아이들에겐 시늉으로 비쳤을 것이다. 아이들 어미 성품이 드세서 그럴 수밖에 없었다는 변명이 목구멍에서 꾸물꾸물댄다. 이럴 때, 정말 내가 초라하게 느껴진다. 더 나아가 혐오스럽다. 나는 영미에게 아비답지 못했다. 적어도 좋은 아비는 아니었다. 다른 아이들에게는? 그것도 자신이 없다. 나는 내가 세상의 평균적 아비들보다는 나은 아비라고 생각해왔지만, 아이들도 그렇게 생각했으리라는 자신은 서지 않는다. 영미만이 아니라 다른 아이들도 말이다. 그러고 보면, 민형이가 날 제 어미보다 덜 싫어하는 것 같지도 않다. 일 때문이 아니라면 그 아이는 나와도 말을 섞지 않을지 모른다. 아무튼 영미와 관련해서 애들 어미는, 내가 아비답지 못했던 것 이상으로, 어미답지 못했다. 그것이 민형이의 어린 정의감을 자극했을 것이고, 제 어미를 마음에서 밀어냈을 것이다. 물론 그건 내 짐작일 뿐이다. 그러나 그게 아니라면 민형이가 제 어미를 그리 싫어하는 것이 납득되지 않는다. 아내는 민형이에게 헌신적인 어미였으니까. 제 아들밖에 모르는 것이 추해 보일 정도로 헌신적인 어미였으니까.

"무슨 결벽증이요?"

"넌 나보다 결벽증이 더해. 사람들 대하는 태도도 그렇고, 일 처리하는 방식도 그렇고. 그게 나쁜 것만은 아니지만, 세상 살아가며 손해 볼 확률이 높다는 뜻이기도 하지."

"전 그런 생각 해본 적 없는데요."

"그래, 네가 아니라고 여기면 아닌 거겠지. 너 자신보다 널 더 잘 아는 사람이 있겠니? 참, 잇몸은 어떠니?"

그제야 나는 이 아이의 잇몸에 생각이 미쳤다. 말도 또렷하게 하지 못하는 아들을 보고서도 일 이야기만 했던 것이다. 그러니 민형이가 내게 사무적으로 대하는 것도 탓할 일이 아니다.

"염증이 좀 심한 모양이에요. 몇 번 더 가야 할 것 같아요. 다음주로 예약을 해놨어요."

민형이는 제 사무실로 돌아갔다. 뒷모습이 쓸쓸해 보였다. 민형이의 뒤통수에 민희의 얼굴이 겹쳤다. 민희는 민형이에게 좋은 누이였다. 민형이가 민희에게 좋은 오랍동생이었던 것만큼이나. 그렇게 의초로웠던 오뉘도 찾아보기 힘들 것이다. 돌이켜보면, 내 아이들은 죄다 우애가 돈독했다. 지금도 그렇고. 나는 내 누이나 형들과 그러질 못했다. 요즘도 그들과 자주 만나게 되질 않는다. 아이들 어미는 그래도 동기들끼리의 정이 꽤 도타운 분위기에서 자란 것 같다. 지금도 처형이나 처남 식구들과 자주 오고간다. 그래도 우리 아이들만은 못하다. 영미와 민주가 자라면서 좀 갈등이 있었지만, 지금은 그 두 녀석도 친하게 지낸다. 민희와 민형이가 어려서부터 서로를 위하는 것은 애들 어미나 나만이 아니라, 친척들, 이웃들도 대견해했을 정도였다.

민희가 아주 어렸을 때, 내가 옛날얘기로 그 아이를 골렸던 것이 기억난다. 민희는 옛날얘기 듣는 걸 주전부리보다 더 좋아했다. 아침이고 밤이고 나나 제 어미에게 옛날얘기를 해달라고 졸라댔다. 사실 제 어미는 역사교사이니, 그런 옛날얘기를 해주기에 딱 알맞은 사람이었다. 역사가 곧 이야기 아닌가. 그러나 아내는 그걸 귀찮아했다. 학교에서 종일 역사를 가르치다보니, 집에 와서까지 아이에게 긴 얘기를 해주는 게 싫었을지도 모른다. 그래서 민희에게 옛날얘기를 해주는 것은 늘 내 몫이었다. 그러나 내 머릿속에 들어 있는 옛날얘기는 그리 많지 않았다. 내가 아내만큼만 세계사를 알고 있었다면, 이리저리 상상력을 발휘해 수많은 야사를 만들어낼 수 있었으리라. 그러나 아예 재료가 보잘것없었으니 음식을 만들기가 힘들었다. 그래서 나는 이따금 거꾸로 민희에게 옛날얘기를 해달라고 요구하곤 했다. 내가 두 번이나 세 번 얘기꾼이 되면, 그다음엔 민희가 한 번 얘기꾼이 되는 식이었다. 민희는 내 얘기가 듣고 싶어서 그 작은 머리로 힘겹게 이야기를 만들어내곤 했다. 그러나 내가 좋은 이야기꾼이 아니었던 것처럼, 민희도 훌륭한 이야기꾼은 못 됐다. 그 아이가 내게 해주던 얘기는 대개 내가 걔에게 해준 이야기들의 장면들을 이리저리 짜맞춘 것이었다. 게다가 나는 민희의 얘기를 들을 때마다 장난기가 발동해 그 아이를 곤혹스럽게 만들곤 했다. 그 아이 얘기의 구성을 방해함으로써. 예컨대 이런 식이었다.

민희가 얘기를 시작한다.

"옛날옛날 인왕산에 호랑이가 한 마리 살고 있었어."

실제로 민희가 어렸을 때, 우리 식구는 홍제동 인왕산 자락에 살고 있었다. 그래서 내가 민희에게 해주는 얘기든 민희가 내게 해주는 얘기든, 인왕산은 단골 배경이 되었다. 그 인왕산에는 호랑이, 곰, 사슴, 토끼, 여우, 늑대, 오소리를 포함해 온갖 동물들이 살고 있었다. 그리고 자식 손자 없이 단둘이 사는 '할머니, 할아버지'도 있었고, 가끔 선녀도 나타났다. 나는 민희 얘기의 한 문장이 끝날 때마다, 그 아이의 얘기를 내가 열심히 듣고 있다는 걸 증명하기 위해 접속부사로 맞장구를 쳤다. 예컨대 '그런데'나 '그래서' 같은 말들 말이다.

"그런데?"

그러면 민희는 반드시 내가 맞장구친 말을 머리로 삼아 그다음 문장을 이어나갔다.

"그런데 어느 겨울날 이 호랑이는 배가 고팠어."

"그래서?"

"그래서 토끼를 잡아먹으려고 봉우리와 골짜기를 돌아다녔어."

"그런데?"

"그런데 아무리 돌아다녀도 토끼가 보이지 않았어."

나는 바로 요다음에도 '그래서'나 '그런데'라고 맞장구를 쳐주어야 했을 것이다. 그러면 민희는 "그래서 점점 더 배가 고파졌어"나 "그런데 갑자기 토끼 대신에 여우가 나타난 거야" 따위로 이야기를 이어갈 수 있었을 것이다. 그러나 나는 심술궂게 "그러나"라고 말한다. 그때부터 민희 머리에 혼란이 오기 시작한다. 그래도 민희는 내 맞장구를 반드시 다음 문장의 머리로 삼는다.

"그러나? 응, 응, 응, 그러나…… 그러나 멀리 토끼 굴 같은 게 보였어."

이렇게 민희는 스토리라인을 바꿈으로써 제 아비의 짓궂은 계략을 돌파한다. 그러나 거기서 물러날 아비가 아니다. 이 문장에는 '그래서'로 맞장구쳐주는 것이 민희에게 가장 유리할 것이다. 내가 '그래서'로 맞장구쳐주면, 민희는 "그래서 그 호랑이는 그 토끼 굴 쪽으로 걸어갔어" 하는 식으로 이야기를 이어갈 수 있었을 것이다. 그러나 나는 다시 한번 역접(逆接)의 구속복을 그 아이에게 입힌다. 이렇게 말이다.

"하지만."

민희는 다시 당황한다. 그러나 이야기를 이어가자면 '하지만'을 머리에 놓을 수밖에 없다.

"하지만…… 응…… 하지만…… 응…… 하지만 그쪽으로는 눈이 너무 많이 쌓여 있어서 걸어가기가 힘들었어."

과연 명민한 내 딸이다. 이쯤에서 나는 민희에게 호의를 베푼다.

"그래서?"

민희는 한결 쉽게 다음 문장을 만든다.

"그래서 눈이 조금 쌓인 곳으로 걸어갈 수밖에 없었어."

"그런데?"

"그런데 눈이 조금 쌓인 곳도 미끄러운 거야."

"그래서?"

"그래서 그 호랑이는 아주 조심조심 걸어갔어."

"그런데?"

"그런데 이번에는 멀리 여우 굴이 보였어."

이쯤에서 내 심술이 다시 발동한다. 내가 여기서 민희에게 호의를 베푸는 길은 '그래서'라고 말하는 것이다. 그러면 민희는 "그래서 호랑이는 여우 굴 쪽으로 걸어갔어" 하는 식으로 이야기를 이어갈 수 있었을 것이다. 그러나 나는 다시 한번 역접의 상황을 강요한다.

"그러나."

"그러나? 그러나…… 그러나…… 그러나…… 응…… 그러나 호랑이는 여우를 잡아먹고 싶지 않았어."

내 역접 공세는 무더기로 계속된다.

"하지만."

"하지만? 응…… 응…… 응…… 하지만 호랑이는 너무 배가 고팠어."

"그러나."

"그러나? 응…… 그러나 호랑이는 하루 정도 굶어도 안 죽어."

아비는 여전히 무자비하다. 모든 문장이 역접으로 이어지면 이야기를 결코 만들 수 없다는 것을 나는 알고 있다.

"하지만."

이쯤에서 민희는 내 의도를 눈치채고 항복하고 만다.

"하지만? 하지만, 응…… 하지만…… 에이, 아빠 순 엉터리야!"

이 짓궂은 아비에게 민희는 복수하지 않았다. 내가 그 아이에게 이야기를 할 때, 역접 공세를 펼치지 않았다는 말이다. 그것은 민희가 명민하다는 뜻이기도 했다. 역접 공세를 펼치면, 내 이야기가 중간에 끊어져버리거나, 그게 아니어도 뒤죽박죽이 되어 재미가 하나도 없기 때문이다. 내가 이야기하고 민희가 들을 때, 민희가 역접으로만 맞장구를 친다고 하자. 그러면 예컨대 이런 식이 될 것이다.

"옛날옛날 인왕산에 선녀가 살고 있었어."

"그러나."

"그러나 선녀는 인왕산에 살기 싫었어."

"하지만."

"하지만 선녀는 인왕산 바깥세상이 더 무서웠어."

"그러나."

"그러나 그 무서움을 참고 한번 바깥세상에 가보기로 했어."

"하지만."

"하지만 다시 생각해보니 너무 무서웠어."

"그러나."

"그러나 또다시 생각해보니 그렇게 무서운 건 아니었어."

"하지만."

"하지만 인왕산에서 나오려고 하니 다시 무서워졌어."

이쯤 되면 이야기하는 사람이나 듣는 사람이나 아무런 보람도 재미도 못 느끼게 된다. 그래서 민희는 내 이야기에 항상 '그래서'나 '그런데'로만 맞장구쳐주었다. 상대방의 맞장구를 다음 문장의 시작으로 삼지 않아도 된다는 것을 알게 될 무렵, 민희는 옛날이야기에 흥미를 잃었다. 텔레비전이 훨씬 재미있다는 것을 알게 됐기 때문이다. 그래서 나도 이야기꾼의 짐을 벗었다. 그로부터 몇 년 뒤, 나는 민희와 민형이가 번갈아가며 상대에게 옛날이야기를 해주는 모습을 흐뭇하게 바라보았다. 그런데, 놀라워라, 민희는 내가 저한테 써먹었던 불패의 맞장구, 곧 역접의 맞장구를 제 동생에게 써먹는 것이었다. 민희의 그 짓궂음은 그리 흐뭇하지 않았다. 정말, 아이들 앞에선 냉수도 못 마신다더니.

자식들에게 기대를 거는 것, 자식들이 자기보다 세속적으로 나아지기를 바라는 건 인지상정이다. 나 역시 그랬다. 첫아이 민희에게도 기대를 많이 했지만, 특히 민형이에게 기대를 걸었다. 그 아이가 딱 하나 있는 아들이어서 그랬던 것만은 아니다. 어려서부터 공부에 재능이 있었고, 또 공부하기를 좋아했기 때문이다. 여느 부모들처럼 학교 공부에 힘쓰라고 다그칠 필요도 없는 아이였다. 비록 제 어미는 '주마가편' 운운하면서 민형이를 들들 볶았지만 말이다. 나는 그 아이가 고급공무원이 되길 바랐다. 아니면 의사나 변호사 같은 전문직업인이 되길 바랐다. 내가 못 이룬 꿈을 그 아이가 이뤄주길 바랐다. 거기 생각이 미치니, 내가 정말 이 아이를 아낀 것은 아니었을지도 모른다는 의심이 새삼 든다. 나는 그저 그 아이에게 나 자신을 투사해 내 욕심을, 좌절된 욕심을 채워보고 싶었던 거라는 생각 말이다. 그렇다. 이 아이에 대한 내 사랑은 위장된 사랑이었다. 대리만족을 위한 사랑. 사랑이라는 말에 결코 값하지 못하는 사랑.

내 아버지의 바람대로, 그리고 내 바람대로, 나는 법과대학에 진학했다. 그러나 결국 사법시험에도 행정고시에도 합격하지 못했다. 결국 나는 조그만 출판사에 들어가 책 만드는 일을 배웠고, 오 년쯤 뒤 아버지의 도움으로 출판사를 차렸다. 그러나 내 인생이 항상 뭔가 모자라다는 생각에서 벗어날 수 없었다. 스스로를 패배자라고 생각했다. 요즘 아이들 말로 '루저' 말이다. 나는 출세를 원했다. 글자 그대로의 출세를, 세속적 의미에서의 출세를 말이다. 결국은 내가 이루지 못한 그것을 민형이가 이루길 바랐다. 그럼으로써 내 유전자가 그리 형편없는 것은 아니라는 것을 증명하고 싶었다. 그래서 사랑이 아닌 사랑을 그 아이에게 쏟았다. 그저 나 자신의 욕심일 뿐인 그 희망을 민형이에게 얹었다. 그러나 이 녀석은 도대체 내 뜻을 따라주지 않았다. 민형이가 고등학교 이학년에 올라가 문과를 택했을 때, 나는 당연히 그 아이가 법대에 진학하길 바랐다. 아니 그러리라고 생각했다. 내가 아버지의 뜻에 따라 법대에 진학했듯이.

아버지는 사대부 의식을 버리지 못한 고루한 분이었다. 그 사대부 의식이란 결국 권력에 대한 욕망이었다. 어려서부터 가문에 대한, 그러니까 청주 한씨 집안에 대한 찬란한 스토리를 하도 들어서 나 자신도 사대부의 일원이라는 봉건적 생각을 했을 정도였다. 그래서 당연히 아버지의 뜻대로 법대엘 갔다. 그러나 민형이는 인류학과엘 갔다. 점수가 모자라서가 아니었다. 내신이야 말할 것 없었지만, 수능시험도 썩 잘 봤다. 민형이는 그해 대입 수능시험에서 문과 20등 안쪽에 들었다. 전국 석차로 말이다. 그 아이들 스무 명 가운데 민형이처럼 일반 고등학교를, 다시 말해 특목고가 아닌 학교를 나온 아이는 손가락으로 꼽을 정도였을 것이다. 워낙 학교 공부를 저 알아서 하는 아이였던 터라 큰 걱정은 하지 않았지만, 그래도 수능 성적까지 그리 좋게 나올 줄은 몰랐다. 전국 어느 대학 어느 과에도 갈 수 있는 성적이었다. 그 스무 명 아이들 대부분은 법대에 진학했을 것이다. 법대가 아니라면 경영대나 경제학과에라도 갔을 것이다. 그러나 민형이는 나와 제 어미의 반대를 무릅쓰고 인류학과를 택했다. 그 아이가 법대에 가지 않은 이유는 그저 법대가 내키지 않는다는 것이었다. 나만이 아니라 그 녀석 어미도 실망했다. 제 어미는 그때 "인류학과라는 데가 도대체 뭘 배우는 데니?"라며 기가 막혀 했다. 아내가 정말 인류학이라는 말을 처음 들어봐서 한 말은 아니었다. 아내도 멀쩡하게 대학물을 먹은 여자고, 더구나 고등학교 교사 아닌가. 그렇지만 당연히 제 부모 말을 따르리라 생각했던 자식이 뜻밖의 선택을 하자 어이가 없었던 모양이다.

"법대가 싫으면 경영대라도 가. 아니면 경제학과나 영문과라도. 너 니 에미 죽는 꼴 보고 싶니?"

몇 년 뒤 민형이가 그 일을 겪기까지는, 아내가 민형이에게 그렇게 화를 내는 걸 보지 못했다. 아내도 나처럼 자신을 민형이에게 투사했던 모양이다. 평생 조그마한 출판사나 운영하는 남편이 마음에 차지 않았던 모양이다.

따지고 보면 민형이에게도 잘못이 있다. 민형이가 그렇게 학교 공부를 잘하지 않았다면, 나나 아내나 그 아이에게 그런 희망을 품진 않았을 것이다. 그런 세속적 욕심을 부리지는 않았을 것이다. 그러나 민형이는 부모가 욕심을 부리지 않기에는 너무 명민한 아이였다. 나는 두번째 선택지로 그 아이가 공부를 계속 하길 바랐다. 대학교수라도 되면, 한국사회에선 제법 거들먹거리며 살 수 있을 테니까. 고급공무원이나 변호사 같은 직업보다는 외려 덜 바쁠 테니, 그게 더 나을지도 모른다고 생각했다. 그것이 정통 사대부의 길을 잇는 것 같기도 했다. 하지만 민형이는 대학에 들어간 뒤 뜻밖에도 학교 성적이 그리 좋지 않았다. 이 아이가 학교에 잘 나가질 않았기 때문이다. 학교에서 배울 게 별로 없다고 판단해서 그랬는지, 술을 탐하느라 그렇게 된 건진 모르겠다. 법대가 내키질 않아서 인류학과엘 갔다면, 학점이라도 잘 관리했으면 좋았으련만. 그래도 한국에서 제일 버젓한 대학을 나왔으니, 다시 마음을 다잡고 공부를 계속한다면 웬만한 대학에 자리잡는 것이 불가능한 일은 아니라고 생각했다. 내가 속물인지도 모른다. 아니 나는 속물이다. 세상 사람들 대부분처럼. 그러나 중간 규모의, 아니 작은 규모의 출판사를 운영하며 한세상 살아온 나는 신분의 힘이라는 걸, 계급의 힘이라는 걸 알고 있다. 그리고 남에게 고개 숙이고 사는 인생이 얼마나 수모스러운지도 알고 있다. 내 나이가 되면 민형이도 그걸 깨달을까? 아니 그 아이는 이미 깨달았는지도 모르겠다. 내가 언젠가 민형이에게 그 얘길 노골적으로 꺼내자, 그 녀석은 오히려 "계속 공부를 하는 게 수모의 시작"이라고 말했다. 나는 그 말을 알 듯도 싶었고 모를 듯도 싶었다.

아무튼 민형이는 대학원에 진학하지 않았다. 나는 그 녀석이 원하기만 한다면 외국에 유학이라도 보낼 생각이었다. 경제 형편상 미국으로는 못 보내더라도 유럽으로는 말이다. 민형이는 독일어와 불어를 썩 잘한다. 대학 다닐 때 전공 공부는 소홀히 했어도, 외국어 공부엔 열심이었다. 현지 방송까지 들어가면서 말이다. 하이델베르크든 베를린이든 빈이든 파리든 제네바든 로잔이든, 나는 그 아이가 공부를 하면서 유럽 바람을 쐬기를 바랐다. 아니 미국이라도, 사립대학만 아니라면 민형이 학비를 대줄 여유는 있었다. 그러나 민형이는 국내 대학원 진학에도, 외국 유학에도 관심을 보이지 않았다. 어려서부터 책 읽기를 좋아했고 지금도 책 읽기를 좋아하는 녀석인지라, 나는 강단(講壇)에 대한 이 녀석의 무관심을 이해할 수 없었다. 민형이는 군대에 다녀와서도 직장을 잡을 생각 없이 빌빌거렸다. 물론 직장을 잡기가 쉽지는 않았을 게다. 인류학과 졸업자를 원하는 회사가 흔할 법하지도 않고, 게다가 학교 성적도 시원치 않았으니. 그러나 민형이는 직장을 구하는 것 자체에 흥미가 없어 보였다. 그리고 그 일이 터진 뒤에는 아예 폐인처럼 방 안에만 틀어박혀 살았다. 그것은 충분히 이해할 만한 일이었지만, 보는 사람으로선 답답하지 않을 수 없었다. 특히 부모로서는. 그 아이가 어떻게 되기 전에 내가 먼저 미칠 것 같기도 했다. 미움과 연민이 뒤엉켜 한동안은 내 쪽에서 그 아이를 피하기도 했다. 민형이가 집 밖으로 나가는 것은 오로지 술을 마시기 위해서였다.

대학에 다닐 때도 그랬지만, 이 아이가 술 마시는 버릇을 전해들으면 나도 무섭다. 게다가 점점 술을 더 마시는 것 같다. 나도 젊어서 술깨나 마신 사람이고 지금도 술을 즐기기는 하지만, 민형이 같은 애는 보지 못했다. 술에 친화적인 유전자를 물려준 것은 나일 테지만, 그 유전자는 민형이 몸속에서 술과 열 배도 넘게 친해진 모양이다. 민형이는 제 할아버지와 아비로부터 술과 친한 유전자는 물려받았으면서도, 권력욕과 친한 유전자는 물려받지 못한 것 같다. 이 아이를 내 조그만 회사로 들인 것은 어쩔 수 없는 일이었다. 내가 삼십 년 가까이 운영했으면서도 직원이 고작 열다섯인 회사에. 물론 내 회사는 출판계에서 사회과학책과 외국 소설 출판으로 꽤 명망이 있다. 대한민국 출판사의 압도적 다수가 열 사람 이내 인원으로 꾸려지고 있는 현실을 생각하면 그렇게 남부끄러운 규모도 아닌 셈이다. 그러나 내 삼십 년 노력의 소산이 결국 이 출판사 하나란 말인가 하는 생각에 간혹 마음이 허전해지곤 한다. 내 출판사에 들어오라는 제안마저 민형이가 거절할지도 모른다고 나는 생각했었다. 아니 틀림없이 거절하리라 생각했었다. 내가 학업을 계속하라고 종용하자, 언제부턴가 그 녀석은 나와 말을 잘 섞으려고도 하지 않았으니 말이다. 뜻밖에도 이 아이는 출판 일을 배우겠다고 했고, 들어와서는 일에 열심이었다. 비록 술 때문에 결근 지각 조퇴는 잦았지만, 제게 맡겨진 일은 야무지게 해냈다.

세 해 남짓 뒤 그 아이에게 편집장 자리를 주었을 때, 그것에 노골적으로 불만을 내비친 직원은 없었던 것 같다. 다들 속으로야 어떻게 생각했을지 모르겠지만. 특히 나이가 찬 직원들은 자기들보다 젊은 사람을 편집장으로 떠받드는 것이 불편했을 것이다. 민형이 쪽에서도 아마 그랬을 테고. 어떻게 합리화하든, 민형이는 결국 사장 아들이라는 이유로 너무 젊은 나이에 편집장 자리를 꿰찼으니까. 그러나 갈등이 겉으로 드러나지는 않았다. 그것은 민형이가 기획에도 편집에도 넉넉한 능력과 열정을 보였기 때문일 것이다. 독일어와 프랑스어 말고도 몇몇 외국어에 친숙했던 터라, 민형이는 번역할 책을 골라내는 데서도 솜씨를 발휘했다. 게다가 민형이는 직원들에게 늘 깍듯하다.

그러나 내게는 이 아이의 미래가 훤히 보이고, 그 소박한 미래가 가슴 아프다. 가슴 아프다는 말은 과장이지만, 섭섭하고 쓸쓸한 생각이 드는 건 어쩔 수 없다. 공부에 재능이 있는 아이가 공부를 포기한 게 아쉽다는 말이다. 민형이가 훌륭한 편집자가 될 수는 있겠지만, 훌륭한 비즈니스맨이 될 수 있을까? 내가 이 알량한 회사를 민형이에게 물려주면, 그 녀석이 회사를 키울 수 있을까? 아니, 유지할 수는 있을까? 그럴 거라는 생각이 도무지 들지 않는다. 지금도 일주일에 두세 번씩은 결근을 하는 녀석이다. 편집부 직원들에게 내가 눈치가 보일 지경이다. 언제부턴지, 무슨 계기인지, 민형이는 '근사한' 삶을 포기한 것 같다. 내 짐작이 맞다면 바로 그 일을 계기로 말이다. 내 자책감을 덜기 위해 되풀이하자면, 그것은 민형이 자신의 잘못이다. 그리고 그 잘못은 그 아이에게 평생의 짐으로, 상처로, 죄의식으로 남을 것이다. 그러나 아비로서, 나는 왜 그걸 전혀 눈치채지 못했을까? 왜 막지 못했을까? 아니 막지 못했더라도 왜 그 아이에게 한움큼의 이해심을 보여주지 못했을까? 내가 아이들에게 그만큼 무심했다는 뜻도 되겠다. 나는 내 아이들에게 기대만을 했지, 보살필 줄을 몰랐다. 그래, 또다시 되풀이하자면, 나는 아이들을 사랑한 것이 아니라 이용했다. 그러나 이제 와서 그런 후회가 무슨 소용이란 말인가?

민형이에게 회사를 물려주느니보다는 차라리 며늘아이나 민주에게 물려주고 싶다. 그 아이들이 민형이보다 훨씬 더 다부지다. 그렇지만 둘 다 제 직업에 만족하고 있으니…… 고등학교 교사나 영화잡지 기자라는 게 만족할 만한 직업인가? 나라면 아닐 것 같다. 지금 출판사를 꾸리면서 자조하듯이, 나는 교사로 살면서, 또는 잡지사 기자로 살면서 자조할 것 같다. 아내가 자신의 직업에 별로 큰 자부심을 못 가지고 있듯. 그렇다면 민주나 며늘아이는 사람 됨됨이가 나나 아내보다 나은지도 모른다. 어쨌든 민형이보다 다부진 아이들이니, 회사를 운영할 수도 있지 않을까? 영미에게 물려줄 수도 있을 것이다. 아니 영미야말로 적격자일지 모른다. 그러나 영미는 분명히 거절할 것이다. 어린 시절의 기억 때문만은 아닐 것이다. 영미는 야심이 있는

아이다. 사실 내가 민형이에게 기대했던 것을 비슷하게 이뤄가고 있
는 아이는 영미다. 대견하고 기특하다. 그 아이가 나 같은 속물은 아
니지만. 아무튼 영미가 제 버젓한 직장을 걷어치우고 출판사를 운영
할 생각은 하지 않을 것이다. 가끔 이대리 생각도 한다. 눈치를 보니
이대리와 민주가 가끔 따로 만나는 사이인 모양이다. 제대로 연애를
하는 건지, 아니면 잡지사 기자와 출판쟁이라는 비슷한 부류의 아이
들이 가볍게 만나 시시덕거리는 건지는 알 수 없지만. 아들이 내 욕심
대로 자라주지 않았다고 해서, 사위 덕을 볼 생각은 없다. 민주가 언
제 결혼을 할지, 결혼을 할 생각이 있기나 한지는 모르겠지만, 그 아
이가 좋아하는 사내라면 나는 무조건 환영이다. 나는 변호사 사위, 의
사 사위, 재벌가 사위의 꿈을 버렸다. 그 꿈을 버리게 한 것은 역설적
으로 민형이다. 그러니까 민형이가 내 욕심대로 자라주지 않아서 사
위 욕심도 버린 것이다. 내 집안이 번듯하지 못한 터에 터무니없는 욕
심을 부리기는 싫다. 민형이가 내 뜻대로 판검사나 변호사가 됐다면,
내 속물근성이 발동했을지도 모른다. 그래서 사위 고르는 데 더 까다
로워졌을지도 모른다. 그렇지만 우리 집에 내놓을 것이 뭐가 있는가?
영미의 버젓한 직장 말고는. 더구나 참척까지 당하고. 정말 그 사연을
누가 알까 두렵다. 그래서 나는 민주가 이대리와 결혼해도 좋겠다고
생각한다. 이대리는 사업감각이 있는 친구다. 소위 의리나 신의라고
불리는 미덕도 있는 친구로 보인다. 더 좋은 직장으로 갈 수도 있었을
텐데, 민형이에게 이끌려 내 회사에 온 것 같다. 민형이가 제 학과 후
배라고 이대리를 내게 처음 소개했을 때, 그에 대한 인상은 그리 좋지
않았다. 명민해 보이기는 했으나, 그 명민함을 압도하는 오만함 같은

것이 보였다. 그러나 얼마 지나지 않아, 그 오만함이 자신감의 다른 모습이라는 걸 알았다. 그는 오만하지 않았다. 그저 자신감에 차 있을 뿐이다. 그리고 그런 자신감은 한씨 식구들에게선 찾아보기 힘든 장점이다. 비록 조그만 출판사 편집부의 대리에 지나지 않지만, 그 친구에게는 믿음이 간다.

내가 얼마나 더 이 회사를 움켜쥐고 있을지 모르겠다. 대단치 않게 여겼던 이명(耳鳴)은 거의 삼 년째 나를 괴롭히고 있다. 이제 근력이 다됐는지, 온몸에 힘이 없다. 아침에 일어날 때면 팔다리가 욱신욱신거린다. 더러 숨쉬기도 불편하다. 아이들의 권고로 하루에 삼십 분 남짓은 산책을 하는데 별 효과가 없다. 죽을병에 걸린 건 아니지만, 우리 집안이 장수 집안은 아니다. 아버님은 오십팔 세에, 어머님은 육십삼 세에 세상을 뜨셨다. 아버님은 술로 돌아가셨다. 나는 이제, 돌아가실 때의 아버님 나이를 넘겼다. 요즘 한국인의 평균수명을 생각하면 앞으로 십 년은 더 살 것이다. 그러나 나는 생전의 아버님보다 더 골골거린다. 나 역시 젊어서 술을 많이 마신 탓일 것이다. 그러나 정작 걱정스러운 것은 민형이의 건강이다. 아무리 젊은 나이라지만 술 먹는 시간이 안 먹는 시간보다 더 길다면 이건 문제 아닌가. 며늘아이나 민주가 그렇게 잔소리를 해대도 말이 먹혀들지 않는다. 나나 제 어미 말이야 원래 귓등으로 흘려버리는 녀석이니, 우리 내외는 그 아이가 술 마시는 것에 대해서는 입도 뻥긋하지 않는다. 더구나 함께 사는 것도 아니니, 조용한 자리에서 따로 얘기할 기회도 없다. 그런 기회가 있다고 하더라도 그 녀석이 이내 그 자리를 떠나겠지만. 앞으로도 저 정도로 마셔댄다면, 민형이가 마흔까지라도 버텨낼 수 있을지 걱정이다. 달포 전에 며늘아이의 닦달에 못 이겨 병원엘 다녀왔다는데, 아직 간은 멀쩡하다고 한다. 간 하나는 쇠로 만들어진 모양이다. 그렇지만 이 녀석이 마셔대는 술은 쇠라도 녹여버릴 것 같다. 민형이의 생활규율이 이대리의 십분의 일만 돼도 좋으련만. 그러니 자꾸 이대리한테 마음이 간다. 이대리 역시 야심가는 못 되지만, 그 친구에게는 질서가 있다. 삶의 질서가. 나나 민형 어미를 대하는 태도도 반듯하다. 문득, 이대리가 내 아들이었으면 좋겠다는 생각이 든다. 그러나 아내는 생각이 다를 것이다. 내가 속물인 것 이상으로 아내도 속물이니. 그러고 보면 아내와 나는 천생연분이다. 아니 한쪽이 좀 손해를 본 것 같기도 하다. 속물과 '스페셜 속물'이 만나 함께 살게 되면 어느 쪽이 더 손해일까? 그런데 '속물됨'이야말로 세속의 규칙들을 거스르지 않는다는 점에서 가장 인간적인 삶의 행태 아닐까? 아무튼 아이 어미와 나 사이에 민희나 민형이 같은 아이가 태어난 것은 신기한 일이다. 민형이도 그렇지만 민희는 특히 별쭝난 아이였다. 유럽 신화의 요정 같은 아이. 탐미 속에 윤리를 감추고, 윤리 속에 탐미를 숨기던 아이. 천사의 육체에, 사시미의 와사비처럼 악마의 쏘는 맛을 살짝 묻히고 다녔던 아이. 그 쏘는 맛 때문에 더 사랑할 수밖에 없었던 아이.

아이들 모두 십대였을 때 우리 집은 얼마나 생기에 찼었던가. 민희는 거의 모든 면에서 제 동생들의 멘토였다. 특히 민형이의 멘토였다. 이층의 민희나 민형이 방에서는 밤늦도록 아이들 웃음소리와 함께 비트 강한 음악 소리가 쿵쿵 울리곤 했다. 내 세대에 유행했던 헤비메탈이나 하드록이었다. 아니면 들척지근한 샹송이나 칸초네를 틀어놓고 민희와 민형이 두 녀석이, 간혹은 영미와 민주까지 가세해서 네 녀석

이 목청껏 따라 불러젖혔지. 그런 지극히 평범한 집안에 '운명'이라고
밖에 달리 부를 말이 없는 묵직하고 낯선 그늘이 드리워지게 될 줄 누
가 상상할 수 있었겠는가. 그러나 시간의 힘은 허망하고도 대단하다.
기적 같다. 우리 가족 모두 이나마 평상 비슷한 상태를 되찾은 것이.

"아, 나라도 영미 일을 좀 나눠 해야 하는데, 몸이 안 따라주네, 아
빠."

자책인지 하소연인지를 하곤 하던 민희의 응석 섞인 목소리가 귀에
쟁쟁하다. 그리운 내 딸…… 어여쁜 우리 장녀! 왜 그랬니? 왜 그랬
니, 민희야!

민경화(1953~)

　오늘이 민형이 생일이어서 집에 와 저녁이라도 먹으라고 걔한테 전화했다. 지난해에도 지지난해에도 거절을 당한 터라, 나로선 여러 번 망설이다 용기를 내서 한 전화였다. 혹시라도 아이 마음이 좀 눅었을지도 모른다는 기대가 있었다. 그러나 민형이는 일언지하에 퇴짜를 놓았다. 제 집에서 제 장모랑 처와 있겠단다. 제 장모를 모시고, 제 처와 지현이도 함께 데려오면 될 게 아니냐고 구슬려봤으나, 아무 소용이 없었다. 외려 말투만 더 쌀쌀해졌다. 서운하긴 했지만 예상 못 한 일도 아니다. 결혼한 뒤, 민형이가 제 생일밥을 내 집에서 먹은 적은 한 번도 없다. 민형이의 생일 때마다 나는 그 아이가 좋아하는 연어회와 연포탕을 준비했다. 일본산 사케와 함께. 그러나 항상 그 음식들은 아이들 아버지와 민주가 먹게 되었다. 한번은 며늘아이를 불러 음식을 들려 보내기도 했는데, 민형이가 전화로 짜증을 내기에 그뒤로는 그 짓도 포기하고 말았다.

내가 이리 미움을 받을 만큼 그 아이에게 큰 잘못을 했을까? 도대체 애는 왜 날 이렇게 싫어할까? 애 아빠만이 아니라 나도 그 일이 있기 전까지는 손찌검 한 번 안 하고 키웠는데. 죽은 민희는 툭하면 내게 욕먹으며 자랐지만 날 그렇게 싫어하진 않았다. 외려 날 보살폈다. 민주도 늘 내게 살갑고. 어쩌면 영미 때문에? 하긴 그 녀석이 어려서부터 영미에게 다정하긴 했다. 민주한테보다도 외려 더 살가웠던 것 같다. 그건 전혀 탓할 일이 아니다. 그렇지만 내가 영미한테 죽을 잘못이라도 저질렀단 말인가? 영미한테 한두 번 손찌검을 한 적이 있긴 하지만, 그건 그 아이가 제 분수를 모르고 나대서였다. 내가 영미에게 늘 따뜻한 엄마는 아니었다는 건 인정한다. 그러나 민희나 민주도 나한테 싫은 소리를 많이 들으며 자랐다. 나는 영미에게 은혜를 베푼 것뿐이다. 그 아이의 엄마가 됨으로써. 올데갈데없던 애를 내 딸로 삼음으로써. 영미는 집안일을 통해 그 은혜를 아주 조금 갚은 것뿐이고. 영미에 관한 한, 나는 세상에 부끄러울 게 없다. 나 자신에게도 부끄럽지 않다. 내가 걔를 들이지 않았으면, 걔가 어떻게 대학엘 가고 어떻게 행정고시에 합격할 수 있었겠는가. 나는 그 아이에게 정을 줄 만큼 주었다. 내가 여느 엄마보다 그 아이를 덜 따뜻하게 대했다고는 생각하지 않는다. 자식들을 거칠게 대하고 무책임하게 내팽개치는 부모가 세상엔 얼마나 많은가. 게다가 나는 젊어서부터 줄곧 직장생활을 했다. 고등학생들에게 역사를 가르쳤다. 지금도 그렇고. 집안일을 내가 다 감당할 형편이 못 되었다. 나는 아이들에게 로마제국과 신성로마제국의 흥망성쇠를 가르쳤고, 중국사의 거대한 물결을 가르쳤고, 중세 이슬람 문명의 위대함을 가르쳤고, 프랑스혁명과 러시아혁명을 가르쳤고, 제국주의와 민족해방운동을 가르쳤다. 교사로서 나는 유능했고 지금도 마찬가지다. 대학 입시에서 역사과목의 비중이 조금씩 줄어들고는 있지만, 나는 아이들에게 인기 많은 교사다. 비록 정년이 얼마 남지는 않았지만. 더구나 나는 두 권의 세계사 교과서에 공동저자로 참여하기까지 했다. 집안 살림에 충분한 시간을 낼 만한 형편이 아니었다. 민형이는 왜 그런 생각을 못 할까. 왜 삶을 좀더 균형 잡힌 눈으로 보질 못할까. 아니면 내가 미처 뭘 못 본 것일까? 구석기시대부터 21세기까지의 인류 역사를 한눈에 꿰고 있는 내가 정작 내 가정에서 놓친 게 있단 말인가? 도대체 이해가 안 된다.

영미 때문이 아니라면, 다른 이유가 뭘까? 공부에 대한 잔소리가 민형이에게 심하게 느껴졌을까? 내가 아이들에게 공부 타령을 좀 심하게 하는 엄마였다는 건 인정한다. 그러나 그건 세상 엄마라면 다 똑같지 않은가? 특히 요즘 엄마라면 말이다. 게다가 그 잔소리는 민형이한테만 한 게 아니다. 민희에게도 그랬고, 민주에게도 그랬고, 따지고 보면 영미에게도 그랬다. 공부하라는 잔소리는 외려 민희가 가장 많이 들었던 것 같다. 더구나 대학에 들어간 뒤로는 민형이에 대한 내 잔소리도 끝났다. 법대엘 가라고 강요해서? 그러나 그건 나보다 제 아버지가 더 원했던 거였다. 그리고 그 녀석은 결국 제 뜻대로 인류학과엘 가지 않았나? 아니면 졸업한 지 얼마 안 돼 카페를 해보겠다고 삼천만원을 빌려달라는 걸 내가 거절해서? 나는 그때 정말 기가 찼다. 멀쩡히 대학 졸업한 녀석이 취직할 생각은 하지 않고, 하다못해 대학원에 갈 생각도 하지 않고 카페를 차리겠다니. 장사는 아무나 하는 줄 아나? 삼천만원 정도를 내줄 여유가 없었던 건 아니다. 그렇지

만 나는 그 아이의 이재능력을 믿을 수 없었다. 그래서 애 아버지한테
도 민형이에게 돈을 대주지 말라고 단단히 일러놓았다. 그 아이의 속
을 이해할 수가 없었다. 지금도 마찬가지고. 초등학교 때부터 제 누이
들보다 훨씬 공부를 잘했던 애가 지금은 결국 제 아버지 밑에서 그 알
량한 편집장 일이나 하고 있지 않은가? 영미는 문화부 사무관이 돼
있는데 말이다. 제 아버지 욕심대로 민형이가 대단한 출세를 해야 한
다는 생각은 내게 없다. 아니, 출세를 하면 좋겠지만, 그것을 그 아이
에게 강요할 생각은 처음부터 없었다. 그런데 그 아이는 왜 나를 그리
미워한다지?

　민형이 얼굴을 언제 봤는지도 기억이 흐릿하다. 지난해 여름 제 아
버지 생일 땐가? 외려 영미는 가끔 얼굴을 비친다. 민형이 집엔 더 자
주 가는지도 모르겠지만. 게다가 미움이 있어야 한다면 내가 저한테
있어야지, 어떻게 제놈이 나한테 있을 수 있단 말인가? 천륜을 어긴
녀석 아닌가? 그때 내가 놀랐던 걸 생각하면 그놈이 나한테 이럴 수
는 없다. 아들이라고 하나 있는 게, 더구나 어려서부터 집안의 기대
를 한 몸에 받았던 녀석이 저렇게 어중간하게 살고 있으니, 참. 그저
며늘아이가 고마울 뿐이다. 현주는 아침저녁으로 꼭 집엘 들른다. 제
시아버지와 내 생일도 꼭 챙긴다. 억지로 제 서방을 데려온다. 그러
나 민형이는 억지로 와서도 한구석에 앉아 아무 말도 없이 음식만 우
물거린다. 원수들끼리 한자리에 있는 느낌이다. 정말 자식이 웬수라
더니…… 이 녀석 어머니가 난지 사돈댁인지 모르겠다. 민주한테 듣
기로는, 사돈댁한텐 그리도 살갑게 군단다. 가끔 술까지 함께 마시며.
사돈댁이 저한테 뭘 해줬다고. 애 아버지가 들어온다.

"민형이가 오늘도 안 온답니다. 민주도 저녁 약속이 있다고 늦는대요. 당신이랑 나랑 둘이서 밥 먹을 수밖에 없겠어요. 연어회랑 연포탕다 남기게 생겼네요."

"그게 무슨 걱정이야. 남으면 내일 먹으면 되지. 아니 오늘 당신이랑 나랑 다 먹어버립시다. 밤새 둘이 파티를 하지, 뭐. 더구나 내일은 휴일이고. 술도 있나?"

"사케를 세 병이나 사다놨어요. 혹시라도 민형이가 그쪽 식구들 데리고 올지 몰라서요. 당신도 사돈댁도 술을 좋아하니 세 병은 있어야할 것 같아서요."

"잘됐구먼. 그러잖아도 눈이 오니 술 생각이 났는데. 술도 안주도 풍성하구먼."

"아니, 세 병을 다 마시겠다는 거예요?"

"마실 때까지 마셔보지 뭐. 그리고 사케는 약한 술이라서 세 병도 괜찮아."

"나두 오늘 술 좀 마셔야겠어요. 평소에도 그렇지만 개 생일만 되면 더 속이 상해요."

"그래, 당신도 한잔해. 술이 문제를 해결해주진 않지만, 잠깐 잊게는 해주지. 그래서 나두 술을 마시는 거구."

팔인용 식탁에 남편과 나 둘이 앉았다. 시부모님이 살아 계셨을 땐, 이 식탁이 아침저녁으로 가득 찼었다.

"여보, 우리 둘만 있는 김에 유럽 귀족 흉내 좀 내볼까?"

남편이 뜬금없이 말했다.

"그게 무슨 말이에요?"

"내가 이쪽 끝에 앉고 당신이 저쪽 끝에 앉아서 마주 보며 식사하는 거지."

"뭐하러 그런 짓을 해요? 당신 나랑 가까이 마주 보는 게 싫어요?"

"싫긴. 민형이가 우릴 버렸으니, 우리끼리라도 이벤트를 해보자는 거지."

"그럼 목소리를 크게 내야 할 거 아녜요?"

"이 좁은 공간에서 뭘. 작게 얘기해도 다 들려."

"그럼 음식을 두 세트로 나누라구요?"

"그러지 뭐. 내 건 내가 차릴게."

이렇게 해서 남편과 나는 유럽 귀족처럼 저녁을 먹게 됐다.

"오늘 민형이 봤어요?"

"응, 오전에 회사에 있다가 오후에 치과엘 다녀왔어. 잇몸이 많이 상했다는구먼. 젊은 녀석이 벌써부터. 나보다 치아가 더 안 좋은 것 같어. 그리고 치과 들른 뒤 필자 한 사람 만나고 왔다더군. 내가 말했던가? 정치학 하는 M교수."

"들은 것 같네요. 그런데 민형이가 당신이랑은 말을 자주 해요?"

"사장이랑 편집장이 말을 안 하면 회사가 어떻게 굴러가겠어? 근데 당신 뭐 나한테 질투할 건 없어. 그냥 일 얘기만 해. 나 대하는 태도도 사무적이구."

"질투는 무슨! 그깟 놈이 나랑 말을 섞든 말든 이제 관심두 없어요. 진즉 다 포기해버렸다구요."

그것은 마음에 없는 소리였다. 나는 민형이가 어려서처럼, 초등학교, 중학교 다닐 때처럼, 나를 제 엄마로 대해줬으면 하는 게 소원이다. 그런데 그 녀석은 모르는 사람에게보다 나를 대하는 게 더 싸늘하다.

"관심이 없기두 하겠다. 아까 민형이랑 통화했다며?"

"관심 없다니까요!"

나는 쏟아져나오려는 눈물을 억지로 참으며 말했다. 이 눈물은 또 뭐람? 세 잔 거푸 비운 사케 탓일 거다. 도대체 내가 언제부터 걔와 이렇게 된 거지? 도대체 왜? 나는 그 아이한테 줄 만큼 다 주었건만.

"당신 울려구 하네. 울고 싶으면 울어. 잠깐이라도 속이 후련해질 거야."

남편의 그 말에 마침내 눈물이 쏟아지고 말았다. 남편이 괜찮은 사람이라는 생각이 오랜만에 들었다. 남편은 내 대학교 세 학번 선배다. 재학중에 군대를 다녀온 터라 졸업은 나와 같은 해에 했다. 같은 과 선배는 아니었다. 남편은 법학과엘 다녔고 나는 사학과엘 다녔다. 남편과 나는 소위 캠퍼스 커플이다. 우리가 다닌 신촌의 학교에선 동문끼리 결혼한 부부를 '쌍Y'라고 불렀다. 둘이 함께 손을 잡고 백양로를 걷던 기억이 가끔 난다. 그러나 그리 낭만적인 기억은 아니다. 우리는 교정에서 자연스럽게 만나 연애를 한 것이 아니라, 묘하게도 근처 여대에 다니던 내 친구의 소개로 만났다. 그 '소개팅'이 있기 전까지, 나는 학교 교정에서 남편을 본 기억이 없다. 내겐 남편을 만나기 전에 남자가 있었다. 사학과 선배였다. 그러나 그는 뱃속에 아이까지 생긴 나를 걷어차고 다른 여자에게 갔다. 그 다른 여자는 내 사학과 동기였다. 아이를 지우고 한 해가 지나도록 나는 거의 제 정신이 아니었다. 남편을 만나기 전까지는. 지금도 여고 동창회에는 반드시 나가지만, 대학 동창회에는 나가지 않는다. 그쪽 '쌍Y'를 보면 내가 너무 비참해질 것 같아서다. 거기엔 남편 책임도 있다. 그이가 법조인이 됐다면, 나는 아마 대학 동창회에도 나갔을 것이다. 내 전 남자는 문단 바깥에는 이름이 별로 알려지지 않은 무명의 소설가일 뿐이니. 집안 경제도 내 동기가 방송사 스크립터 일로 꾸려왔다고 들었다. 나는 그 부부를 조롱하고 싶었다. 그러나 남편은 연이어 사법시험에 떨어졌고, 마침내 법조인이 되겠다는 꿈을 접었다. 그리고 조그만 출판사를 냈다. 더 버젓한 상대를 만나는 걸로 내 전 남자의 기를 죽일 기회가 사라진 것이다. 나는 남편이 사법시험에 붙길 간절히 원했다. 그전에는 이 남자에게 마음을 활짝 열지 않겠다고 다짐했다. 실제로도 그랬다. '소개팅'으로 만난 우리의 연애에는 별다른 열정이 개입하지 않았다. 그러던 어느 날 민희가 덜컥 들어섰다. 또다시 아이를 지울 수는 없었다. 남편도 그걸 바라지 않았다. 우리는 열정적이지 않은 연애 끝에 열정적이지 않게 결혼했다. 우리 결혼생활에도 열정은 희미하거나 아예 없었다. 사랑해서 한 결혼이 아니었다. 남편이 법조인이 됐다면 나는 그를 사랑했을 것이다. 이 말이 얼마나 흉하게 들릴지는 나도 안다. 그러나 좀더 정직해지자. 우리가 어떤 대상을 사랑할 땐, 그 대상의 조건을 사랑하는 것이다. 그건 속물들의 사랑이라고? 그렇지 않다. 신분이나 계급만이 조건인 것은 아니다. 인격이나 취향도 조건이다. 앞의 조건을 중시하는 것이 뒤의 조건을 중시하는 것보다 더 비난받아야 할 이유는 없다.

연애할 때나 결혼한 뒤에나 내가 진심으로 남편을 사랑하지는 않은 것 같다. 민희가 들어서지 않았더라면, 우리는 부부가 되지 않았을지도 모른다. 더구나 나는 남편에게 저지른 죄가 있다. 셋째아이 민주가 태어나기 한 해 전쯤 동료 교사와 눈이 맞아 얼마간 연애를 했다. 그때 남자는 미혼이었다. 그 남자가 결혼을 하고 전근을 간 뒤 우리들의 관계는 끝났지만, 나는 민주가 남편 딸인지 그 남자 딸인지 모른다. 알고 싶지도 않다. 아니 알기가 두렵다. 내가 민희보다 민주에게 더 정을 주게 된 건, 그 아이가 잠재적으로 불안한 위치에 있기 때문인지도 모른다. 내가 아는 한, 남편은 나 말고 여자가 없었다. 적어도 결혼 뒤에는 말이다. 남편이 내 짧은 외도를 알게 된다면, 이이는 나를 용서할까? 그럴 것 같다. 남편은 너그러운 사람이다. 내가 진심으로 내 잘못을 인정하고 용서를 빈다면 이이는 나를 용서해줄 것이다. 그런데 만약에 민주가 자기 딸이 아니라고 판명나도 나를 용서할까? 자신이 없다. 아니, 용서하지 않을 것 같다. 내가 저지른 일은 똑같지만, 그 결과의 차이는 남편의 정서에, 판단에 큰 영향을 줄 것이다. 나는 민주를 낳으면서 제일 먼저 그 아이의 혈액형부터 확인했다. 다행스럽게도 B형이었다. 나는 B형이고 남편은 O형이다. 내가 잠깐 사귀었던 동료 교사의 혈액형이 뭔지는 모르지만, 만일 민주의 혈액형이 A형이거나 AB형이었다면 나는 남편에게 내 부정(不貞)을 털어놓을 수밖에 없었을 것이다. 그래도 민주가 남편의 아이가 아닐 가능성은 여전히 있다. 그래, 나는 남편에게 좋은 아내가 아니었다. 그런데도 오늘은 남편에게 기대고 싶다. 남편에게 응석을 부리고 설움을 털어놓고 싶다.

"도대체 왜 걔가 나한테 이러는지 모르겠어요. 이유라도 확실히 알면 속이라도 덜 답답하겠어요. 내가 사과를 하든 아니면 내 행동을 고

치든. 도대체 나한테 뭐가 못마땅한 거죠?"

"나한테도 마찬가지라니까. 민형이랑 나는 그냥 직장 동료일 뿐이야. 그놈 속을 누가 알겠어? 당신이 예전에 삼천만원 안 빌려준 것 때문인지도 모르지. 그때 당신이 나한테도 걔 도와주지 말라 했고."

"그 생각도 해봤어요. 근데 민형이가 나한테 쌀쌀해진 건 그 훨씬 전부터예요. 걔가 대학 들어간 뒤엔 같이 얘기해본 적이 거의 없어요."

"시간이 해결해주겠지. 그놈도 자식한테 미움받는 부모 심정을 알 날이 오겠지."

"그럼 지현이가 클 때까지 계속 이렇게 살아야 하는 거예요?"

"어쩌면 그뒤에도 그럴지 모르지. 여보, 마음을 편하게 가져요. 나는 당신 이상으로 그 아이에게 기대를 했어. 무슨 출세에 대해서가 아니라, 사이좋은 부자관계에 대해서 말이야. 술자리에 마주 앉아 인생에 대한 얘기, 일에 대한 얘기, 세상에 대한 얘기를 나누는 그런 부자관계. 텔레비전 드라마에 나오는 것 같은 그런 부자관계. 그렇지만 어떡하겠어. 일이 결국 이렇게 돼버린걸. 나두 주변에서 자식들이랑 사이좋은 친구들을 보면 여간 부러운 게 아니야. 그 아이들이 민형이처럼 어려서부터 공부를 잘한 애들이 아닌데도. 사실 민형이야말로 시쳇말로 '엄친아'였잖아. 당신이나 나는 그저 민형이가 학교 공부 잘하고 학교에서 사고 안 치고 그러니까, 아무 탈 없이 자라고 있는 줄로만 알았지. 우리가 예뻐하면 그 녀석도 당연히 우리를 좋아할 줄 알았지. 우리가 어리석고 이기적이었어."

"어리석은 건 그렇다 치고 이기적이란 건 또 무슨 말이에요? 난 정말 최선을 다해서 민형이를 키웠다구요. 하다못해 도시락만 해도, 다른 애들 건 영미한테 맡겨도 민형이 건 내가 직접 쌌어요."

남편은 잠시 말이 없었다. 그러고는 한숨을 푹 내쉬며 말했다.

"영미 그 아이 때문일지도 몰라. 물론 꼭 그 아이 때문만은 아니겠지만, 그게 큰 이유일 거야. 내 짐작은 그래. 돌이켜보면, 민형이가 당신한테 대들 땐 꼭 영미한테 무슨 일이 생겼을 때였어. 민형이가 워낙 영미를 아꼈잖아. 지금도 그런 것 같구. 우리 식구 가운데 민형이랑 제일 가까운 게 아마 영밀걸."

"내가 영미한테 어쨌다구요? 정말 그년이 사단이라면 앞으로 그년이랑 인연을 끊고 살아야겠어요."

막연한 짐작이 남편 말로 확인되는 듯해 화가 치밀었다. 정말 영미 때문이라면, 그 아이를 다시 보지 않으리라.

"그냥 짐작일 뿐이라니까. 그리고 인연을 끊고 살아도 영미는 이제 우리가 전혀 아쉽지 않은 처지인 거 몰라? 당신이 인연 끊자고 그러면 아마 얼씨구나 하고 좋아할걸. 사실 당신이 영미를 유난히 차별하긴 했어. 내가 그걸 막았어야 했는데 그러질 못했구. 당신이 마음 깊이 영미를 우리 가족으로 생각한 적이 있기는 해?"

"그게 무슨 말이에요? 올데갈데없는 애 입적시켜서 대학까지 보냈는데."

"아니야, 잘 생각해봐. 민희나 민형이가 아니었다면, 특히 민형이가 당신한테 그렇게 대들지 않았다면, 우린 영미를 대학에 안 보냈을지도 몰라. 어쩌면 당신이 교사라는 게 민형이 마음에 더 큰 미움을 심었을지도 모르고. 교사라는 사람이 자기 집에 딸 나이의 하녀를 두고 살았던 셈 아냐. 그걸 역겹게 받아들였을지 모르지. 나두 잘한 거 하나두 없구. 당신이 영미한테 어미 노릇 못한 것만큼, 아니 어쩌면 그 이상으로, 나두 걔한테 아비 노릇을 못 했지. 적어두 나는 이 집의 가장이었는데 말이야. 그 아이가 기댈 수 있는 버팀목이 됐어야 했는데."

그랬을지도 모른다. 남편 말이 옳은지도 모른다. 나는 그 아이가 꼭 대학에 가야 한다고 생각하지는 않았다. 그 아이가 고등학교 들어가서 그렇게 공부를 잘하지 않았다면, 아니 그랬더라도 그때 민형이가 그렇게 난리를 치지 않았다면, 그 아이를 대학에 보내지 않았을 것 같기도 하다. 그런데 민형이한텐 그게 그렇게 중요한 일이었을까? 제 어미와의 사이를 망가뜨릴 만큼?

"하녀는 무슨 하녀예요! 하녀에게 대학 공부 시키는 주인이 세상에 어딨어요? 난 영미를 딸로 키웠다구요. 딸이 집안일 좀 하는 게 그렇게 문제가 돼요? 그리고 설령 내가 영미를 하녀 취급 했다고 해두 그래요. 나로선 도저히 인정할 수 없는 일이지만. 암튼 그렇다구 해두, 그게 이유가 돼요? 그게 제놈한테 그렇게 중요한 일이에요? 아홉 달 뱃속에 담아놨다가 힘들게 낳아서 버젓하게 키워준 제 어미랑 의절을 할 만큼? 핏줄을 부정할 만큼?"

"오래 쌓인 게 어느 순간 선을 넘어버린 거겠지. 어쩌면 영미의 진짜 가족은 민희랑 민형이밖에 없었을지도 몰라."

나는 사케를 또 한 병 따 데운 뒤, 주전자 두 개에 나눠 남편과 내 앞쪽에 놓았다. 남편이 말을 이었다.

"그리고 그 일. 그 일이 결정적이었는지도 몰라."

"그건 내 잘못이 아니라 그 녀석 잘못 아녜요?"

"물론 그렇지. 그런데 우리가 감쌌어도 큰 죄책감을 느꼈을 아이를 당신이나 나나 너무 모질게 대해 죄책감을 키우게 한 건 아닐까? 너무 몰아붙인 것 아냐?"

"너무 모질게 대했다는 건 또 뭐예요? 내가 그 녀석을 죽였어요, 아니면 죽으라고 했어요? 난 외려 그 녀석이 혹시라도 죽을까봐 걱정했다구요. 도대체 그 일을 어떻게 수습을 해야 할지도 몰랐고."

"죽으라고 하진 않았지만, 거의 그런 태도였지. 사실 그 녀석도 죽고 싶었을지도 모르고. 나는 그 녀석이 그때 세상을 버리지 않은 게 그 녀석 책임감 때문이라고 생각해. 그런 일이 생기면 죽는 게 제일 좋은 해결책이지. 아니면 스스로 정신줄을 놓아 미쳐버리든지."

"그래서 애 하나 미쳤잖아요?"

술기운이 오르면서 내 말에서 조심스러움이 사라지고 있었다. 내 기억의 빗장도 경계심을 잃고 있는 것 같다.

'개새끼! 개자식! 이 개자식!'

민형이의 머리를 후려치며 울부짖던 기억이 퍼뜩 떠오른다. 그때 내 손바닥뼈에 저릿하게 퍼지던 둔중한 아픔의 기억에 나는 흠칫 진저리를 친다. 나는 질끈 눈을 감았다.

"당신 그게 무슨 소리야? 누가 미쳤다는 거야? 우리 가족 가운데 미친 사람 아무도 없어. 그냥 특별한 일을 겪었을 뿐이고, 다 많이 놀랐을 뿐이야."

"그게 그냥 특별한 일일 뿐이에요? 난 우리 식구가 다 미친 것 같아요."

"말 좀 가려서 하라니까. 술 그만 마셔."

"그래요, 그게 그저 특별한 일이라고 칩시다. 그런데 그 녀석이 식

구들한테 죄스러워서라도 잘해야지, 어떻게 나한테 그렇게 대하냐구
요!"

"그건 민형이가 제 나름대로 죗값을 치르고 있는 방식인지도 모르
지. 정말 잘 생각해보라구. 민형이는 그뒤로 계속 자기한테 벌을 주고
있는지도 몰라. 자신을 가족공동체에서 추방하는 방식으로 말이야.
그러니까 그 녀석이 우릴 버린 게 아니라 그 녀석이 자기 자신을 버린
걸지도 모르지. 그뒤로 민형이가 술을 더 마시잖아. 저는 얼마나 괴롭
겠어? 얼마나? 나는 그 아일 조금은 이해할 수 있을 것 같아."

"참 편리하구랴. 제 어미한테 쌀쌀맞게 대하는 게, 아니 제 어미랑
아예 의절을 하는 게, 제놈한테 벌을 주고 있는 거라구요?"

"그렇게 생각합시다. 세월이 지나면 어떻게든 바뀔 거니까. 아니
안 바뀐다구 해두 마찬가지야. 당신이 정말 좋은 엄마라면, 당신 말대
로 헌신적인 엄마라면, 당신을 그렇게 대하고 있는 민형이한테 좀 연
민을 가져봐."

"당신 말, 난 도저히 이해 못 하겠어요. 당신이 정말 좋은 아버지인
가보네요. 아니면 그래도 당신이랑은 말도 하고 그러니, 그 연민이라
는 게 생겼을지도 모르구요. 스무 해 남짓 애지중지 키워온 애를 어느
날 순식간에 잃어버린 것 같아요. 배은망덕도 유분수지. 이건 정말 누
가 내린 저주예요, 저주."

"당신이 그렇게 생각한다면, 민형이 그애는 어떻겠어? 저 자신이
저주받았다고 생각하지 않겠어? 그런데도 저렇게 버텨내고 있잖아.
나도 그 녀석이 서운하긴 하지만, 한편으로는 대견하기도 해. 우리 가
족의 운명이라고 생각하고 받아들입시다."

"저주받은 녀석이 장가 하나는 잘 들었네요. 하느님이 그놈을 빼앗아가고 며늘아이를 주신 것 같아요. 정말 며늘아이가 아니면 그 녀석은 평생 내 얼굴을 보지도 않을 놈이에요. 내가 정말 연민을 느끼는 건 며늘아이한테예요. 그렇게 멀쩡한 애가, 부족한 것 하나 없는 애가 어떻게 민형이 짝이 됐는지 모르겠어요."

"정말 우리가 며늘아이 하나는 잘 들였지. 그런데 며늘아이 입장에서도 생각해봐. 어차피 그 아이도 제 어머니를 모셔야 하는데, 민형이만큼 잘 모셔줄 사위가 있을까? 민형이가 당신이나 나와 그렇게 소원하니까 외려 제 장모를 그렇게 위하는 거지. 이건 며늘아이 흉보는 게 아니야. 며늘아이가 무슨 그런 계산을 꼼꼼히 하고 민형이랑 혼인한 건 아니겠지. 아무튼 나두 며늘아이가 흡족해. 아이가 우선 밝잖아. 그러니 우리 가족들 모두랑 친한 거구. 민주도 영미도 다 걜 좋아해. 걔가 잘 대하니까 좋아하는 거겠지만."

"영미 얘긴 꺼내지 마요. 정말 영미 때문에 민형이가 날 등졌다면, 난 앞으로 걜 보고 싶지 않을 것 같아요."

"아까 한 소리잖아. 그리고 좀 정직해보자구. 당신이 영미에게 정말 정을 주기는 했던 거야? 행시 붙기 전이랑 그후랑 걜 대하는 태도가 확 다르던걸."

남편 말이 맞는 것도 같다. 영미가 자랄 때 내가 정말 그 아이에게 엄마로서 정을 줘본 적은 없는 것도 같다. 아니, 없지는 않았더라도 드물었던 것 같다. 그 아이가 버젓한 대학엘 가고 고시에 붙고 하면서 자랑스러워지고, 정말 내 딸인 느낌이 들기 시작한 것 같다. 사람 마음이 요사스러워서 그런 걸 어쩌란 말인가. 그렇지만 난 그걸 내 입으로 시인하긴 싫다.

"그런 말 안 되는 소리 좀 그만해요. 근데 정말 영미가 며늘아이랑 가까워요? 나두 짐작은 하고 있었지만."

"며늘아이는 우리 식구들 다랑 가깝다니까. 우리 집의 보배고 우리 집의 순금이야, 그 아이는."

"그건 그래요. 전화나 한번 해봐야겠네요."

나는 휴대폰을 들고 며느리 번호가 저장되어 있는 단축번호 2를 꾹 눌렀다.

서현주(1977~)

　가끔 이 결혼이 나에게나 남편에게나 바람직스러운 일이었는지 되묻곤 한다. 꼭 남편이 어떻다기보다 결혼 전후에 겪었던 마음고생 때문이다. 그 마음고생의 그늘은 지금까지도 내 존재 한편에 드리워져 있다. 어쩌면 그 그늘은 영원히 걷히지 않을지도 모른다. 물론 남편에게나 시집 식구들에게나 그런 티를 내지는 않는다. 그저 운명이려니 생각한다. 나는 그들에게 늘 착한 아내고, 착한 며느리이며, 착한 올케다. 그렇다고 내가 나 자신을 안 착하다고, 못됐다고 생각하는 것은 아니다. 착한 것과 욕심 없는 것이 통하는 것인지는 모르겠으나, 어려서부터 내겐 커다란 욕심이 없었다. 그러나 유복함과는 거리가 먼 집에서 자란 아이에게 신분 상승의 욕망이 어떻게 전혀 없을 수 있었겠는가. 나도 부모님보다는 계급의 사다리 위칸에서 살고 싶었다. 그 사다리의 가로대를 몇 칸이라도 올라가고 싶었다. 그리고 지금도 그 마음은 다르지 않다.

아버지가 어머니와 나를 버리고 다른 여자에게 갔을 땐, 하늘이 무너지는 것 같았다. 나는 아버지를 증오했다. 어머니는 경제적으로 독립할 수 있는 건강상태가 아니었다. 어쩌면 바로 그 점이, 어머니의 건강상태가, 아버지가 어머니를 버린 이유일지도 모른다. 그렇다면 아버지는 정말 용서받을 수 없는 사람이다. 나는 조그마한 동네 서점을 운영하는 어머니를 도우며, 거의 고학에 가까운 학창 시절을 보냈다. 그래도 핏줄이라는 게 뭔지 나는 내 결혼식에 아버지를 초대했다. 그리고 결혼 뒤에도 더러 찾아뵀었다. 내가 주동적으로 찾아뵙는 것이 아니라, 남편 손에 이끌려 가는 것이긴 하지만. 그러고 보면 남편은 썩 괜찮은 사람이다. 물론 그것은 내 입장에서 하는 생각이다. 시댁 어른들 처지에서는 그것도 마음 상하는 일일 수 있겠지. 내가 결혼생활의 모든 것에 만족하는 것은 아니지만, 이 결혼에 대한 내 치사한 손익계산이 거의 어김없이 흑자로 결론나는 것은 남편 덕분이다. 나는 그를 어려서부터 보아왔고, 어려서부터 좋아했다. 나는 그의 명민함을 좋아했고, 그의 따뜻함을 좋아했다. 심지어 언뜻언뜻 보였던 그의 유약함까지도 나는 좋았다. 그 유약함은 따뜻함의 이면인 것 같았다. 언제부턴가 그 따뜻함이 그의 부모님 쪽엔 전혀 미치지 않게 된 것은 유감스러운 일이다. 그러나 어쩌겠는가. 마음대로 할 수 없는 것이 마음이다. 마음으로 가장 다스리기가 어려운 것이 마음이다. 나는 세상에서 남편을 가장 잘 이해하는 사람이라고 자부한다. 그의 부모님보다, 그의 누이들보다. 그리고 그는 내가 어려서 짐작했던 것과 달리 유약한 사람이 결코 아니다. 여느 남자라면 그런 일을 겪은 뒤 온전한 정신으로 살기 어려웠을 것이다. 온전하다고? 그래, 남편은 온전하다. 그러나 내 마음의 그늘보다 훨씬 짙을 그의 그늘은 끈질기게 그를 괴롭힐 것이다.

남편에게 자그마한 야망이라도 있으면 좋겠다. 꼭 정치적 야망이나 돈과 관련된 욕심이 아니더라도. 하다못해 글을 쓰겠다는 야망이라도 말이다. 소설이나 시 같은 예술작품이 아니더라도, 단단한 에세이류 글은 쓸 수 있을 것 같다. 남편에게는 글솜씨가 있다. 결혼 전에 우리가 주고받은 메일들은, 옛날 옛날 한 옛날의 고풍스러운 연애편지를 연상시켰다. 특히 그가 내게 보낸 메일이 그랬다. 그 메일들은 충분히 문학적이었고, 충분히 지적이었다. 남편은 책도 열심히 읽는다. 이런 책 저런 책 가리지 않고. 사회과학책들만이 아니다. 물론 위상수학이나 분자생물학 따위의 전문서적까지는 아니지만, 자연과학책들도 어지간한 교양서들은 챙겨 읽는다. 하긴 교양서적과 전문서적의 경계가 늘 또렷한 것은 아니다. 남편은 고등학교 때 뉴턴의 『자연철학의 수학적 원리』를 재미로 읽었다고 한다. 그 책이 출판된 당대에는 전문서적이었을지 몰라도, 지금 그 책을 전문서적이라고 볼 사람은 없을 것이다. 비록 고전이긴 하지만, 그 책은 물리학 분야의 교양서적에 가깝다.

남편에게는 나름의 정치적 견해도 있다. 그러나 그는 직접 책을 쓰려고 하지 않는다. 학부를 간신히 마친 주제에 무슨 책을 쓰겠느냐는 게 남편의 말이다. 그렇지만 자기 글을 쓰는 데 꼭 학위가 필요한 것은 아니지 않은가? 필리프 아리에스도 하야카와 시노부도 학사로 공식 교육을 마쳤다. 그런데도 그들은 지적 거인이 되었다. 대학을 마치지 않고서도 위대한 지적 창조물을 내놓는 저자들이 적지 않다. 어이없게도, 남편은 되레 날더러 책을 하나 쓰란다. 청소년을 위한 수학

입문서를. 게다가 나한테 대학원 진학을 권유하기도 한다. 자기 아내가 장차 번듯한 수학자라도 되기를 꿈꾸는 모양이다. 물론 나는 수학을 사랑한다. 인간의 감정, 사회의 계급구조, 온갖 끈적끈적한 물질성이 제거된 그 추상의 세계가 나는 좋다. 그러나 내게 수학자가 될 재능이 있다고 생각해본 적은 없다. 수학은, 아마 음악과 함께, 그 재능이 아주 어려서부터 드러나는 분야다. 가우스의 어린 시절 일화들 앞에서 나는 숨가쁘고, 갈루아나 아벨의 요절 앞에서 나는 진저리친다. 내게 갈루아나 아벨 같은 재능이 주어진다 해도 요절하고 싶진 않다. 벌써 나는 그들이 향유했던 세월을 훨씬 넘게 살았다. 나는 아이들에게 그 아름다운 추상의 세계를 듬성듬성 안내하는 것으로 만족한다.

꼭 결혼과 관련해서가 아니더라도 지금의 내 처지, 그러니까 남편이나 시댁 식구와의 관계, 직장, 이런 것들이 내게 온전히 흡족한 것은 아니다. 그러나 나는 항상 흡족하다는 표정으로 산다. 가증스러운 위선이다. 아니 가증스럽다는 말은 너무 강하다. 강하다기보다 차라리 왜곡이다. 내 위선은 지혜로운 위선이다. 가족들 사이에 평화를 만들어내는 위선. 가족들 사이에 사랑을 만들어내는 위선. 비록 그 평화가 당장이라도 바스러질 듯 위태위태한 것이고, 그 사랑이 보기에만 아름다운 치장일 뿐이라고 하더라도 말이다. 책 만드는 일을 내가 가볍게 여기는 것은 아니다. 그러나 남편은 책을 만드는 일보다 책을 쓰는 일을 더 잘할 수 있을 것 같다. 그가 겪은 그 일이 그의 글쓰기 욕망을 억누르고 있는지도 모른다. 나는 남편이 그 일의 후유증에서 완전히 놓여나길 바란다. 나도 그걸 돕고 싶다. 아니, 이미 최선을 다해 돕고 있다. 그가 그 일에서 벗어난 뒤에야 나도 그 일에서 벗어날 수 있을 테니까. 내가 그와 결혼하기로 마음을 정했을 때, 이미 나는 그의 모든 것을 받아들였다. 어찌 보면 가여운 사람이다, 남편은. 가족들에게 몹쓸 짓을 한 것은 틀림없지만.

내가 아니면 그를 받쳐줄 사람이 없다. 아마 그것이, 물론 전적으로는 아니더라도, 내가 그와 결혼한 이유의 큰 것일 테다. 전적으로는 아니었다는 걸 강조하고 싶다. 나는 그에 대한 연민으로, 그에 대한 동정심으로 그와 결혼한 것이 아니다. 나는 결혼 같은 대사(大事)를 연민이나 동정심에 휘둘려 결정할 만큼 이타적인 인간은 못 된다. 그만큼 어리석거나 착하지도 않다. 그에 대한 연민보다는 그를 향한 사랑이, 열정이 훨씬 앞섰다. 나는 여느 아내 이상으로 내 남편을 사랑한다, 물론 다른 부부들의 사랑을 내가 재어볼 길은 없지만. 그러나 그가 조금만 야심을 가졌으면 좋겠다는 바람은 사라지지 않는다. 자신의 재능에 합당한 야심 말이다.

남편에게 정말 고마운 게 하나 있다. 내가 시부모를 모시고 사는 게 아니라 그가 엄마를 모시고 사는 것. 물론 지현이를 돌볼 사람이 필요하긴 했지만, 그것은 시댁 어른들도 놀이방의 도움을 받아 감당할 수 있는 일이었다. 최악의 경우 내가 직장을 그만둘 수도 있었고. 남편이 시댁 식구들과 살지 않고 엄마와 나랑 살기로 한 것은, 나에 대한, 엄마에 대한 배려였음이 틀림없다. 남편이 시댁 어른들과 사이가 그리 좋지 않다는 것을 고려해도 엄마를 모시기로 한 그의 결정은 쉬운 일이 아니었을 게다. 남편은 외아들이니까. 아니, 어쩌면 남편에겐 어렵지 않은 일이었을지도 모르겠다. 특히 시어머니와의 관계를 생각하면 말이다. 남편은 왜 시어머니를 그렇게 싫어할까? 더구나 시어머니가 남편을 그렇게 아끼는데. 내가 모르는 사정이 있을지는 모르나(그런 것 같지도 않다. 난 한씨 집 사정에 대해 모르는 게 없는 며느리다), 시어머니는 그저 평범한 여자다. 자식에게 미움받을 만큼 나쁜 사람이 아니다. 나는 고등학교 교사로서, 동종의 직업 종사자로서, 시어머니에게 연대감이나 동질감 같은 것을 느낀다. 하나 있는 아들이 제 장모를 모시고 살기로 했을 때, 시부모님의 마음이 편치 않았을 것은 확실하다. 게다가 엄마는 모시기가 쉬운 분이 아니다. 오랜 세월에 걸쳐 마음의 병을 앓아온 사람이다. 남편도 결혼 전부터 그것을 알고 있었다. 그 병이 그렇게 큰 줄이야 몰랐겠지만. 아무튼 남편은 아무런 망설임 없이 엄마를 모시기로 했다. 물론 남편과 엄마 사이에 부모-자식과 같은 정이 있지는 않을 게다. 당연한 일이다. 어쨌든 핏줄로 보면 남남 아닌가. 두 사람이 같이 술판을 벌이는 일이 드물진 않지만, 많은 대화가 오가는 건 아니다. 그건 두 사람 다에게 책임이 있다. 두 사람 다 인생을 밝게 보는 사람이 아니니까. 그러나 드문드문 남편이 엄마에게 말을 건넬 때, 그 말투는 그가 내게 건네는 말투보다도 한결 더 곰살궂다. 아마 일부러 그러는 것일 게다.

남편과 결혼하기 꽤 전에 내겐 사귀는 남자가 있었다. 세속적 조건이 남편보다 훨씬 좋은 사람이었다. 막 정형외과 전문의가 된 사람이었고, 집안도 부유했다. 삼대째 의사인 집안이었고, 남자의 아버지는 S종합병원의 부원장이었다. 남자는 진정 나를 좋아했고, 나도 그를 좋아했다. 그러나 계급 차이가 결국 우리를 갈라놓았다. 남자 부모는 나를 장래의 며느리로서 내켜하지 않았다. 남자는 다 자기에게 맡기라고 말했지만, 나는 그에게 모든 것을 맡길 수가 없었다. 내게는 현실감각이라는 것이 있었으니까. 우선 나는 엄마를 모셔야 할 처지였다. 아니, 무엇보다, 환영받지 못하는 며느리가 되고 싶지는 않았다. 결국 내 쪽에서 남자를 내쳤다. 그즈음에 남편이 다가왔다. 그때 그의 내면은 엉망이었다. 물론 그전이라고 해서 이 사람의 내면이 밝은 것은 아니었다. 어려서부터 그를 봐왔기 때문에 그가 어떤 사람인지는 이미 그때부터 대강은 알고 있었다. 명민하긴 했으나 어딘가 어두운 데가 있었다. 나는 중고등학교 때부터 그의 집을 드나들었다. 남편과 민희는 부러울 만큼 가깝고 서로를 위하는 오뉘였다. 자라면서 셋이 어울릴 때가 많았다. 그러나 고등학교 때도, 대학교 때도, 그 사람에게 특별한 감정이 생기진 않았다. 시부모님이 참척을 당하기 전까진, 그에 대한 감정이 또렷하지 않았다. 어쩌면 그뒤로도 얼마간은 그랬는지 모른다. 남편은 그저 내 가까운 친구의 푸네기였다. 물론 그친구가 나랑 가장 가까운 친구이기는 했으나. 더구나 내게는, 둘의 미래가 불확실하긴 했지만, 남자가 있었으니까. 결국은 내가 버린, 아니 내가 도망쳐나온 남자가. 확실한 것은 내가 먼저 남편에게 다가간 것은 아니라는 점이다. 그 사람이 내게로 왔다. 한 남자가 비워놓은 열정의 공간을 또다른 남자가 그리도 빨리 채울 수 있을 줄은 그전엔 상상하지 못했다. 내가 헤픈 여자일까? 내가 도망쳐나온 남자에 대한 내 사랑은 착각이었던 걸까? 아니다. 나는 그를 정말 사랑했다. 그러나 그와 결혼하는 것이 불가능하다고 판단된 순간, 아니 가능하다 해도 결혼해선 안 된다고 판단된 순간, 그 사랑은 썰물처럼 빠져나가버렸다. 그리고 그 빈자리를 새로운 남자의 사랑이 채웠다.

그것은 점진적으로 이뤄진 일이 아니었다. 어느 날 그가 학교로 전화를 해왔다. 그때 그는 내 휴대폰 번호도 모르는 상태였다. 그는 저녁을 함께 먹자고 했고, 나도 텅 빈 마음을 조금이라도 채울 수 있을까 싶어 거기 응했다. 가장 가까웠던 누이가 삶을 버린 뒤에 그가 어떻게 삶을 버텨나가고 있는지 궁금하기도 했다. 우리는 와인을 곁들여 스테이크를 먹었고, 자리를 근처의 사케집으로 옮겨 약간 취할 정도로 마셨다. 나중에 안 일이지만 남편은 그날 술을 굉장히 자제한 것이었다. 술친구가 나 아닌 다른 사람이었다면 그는 밤새, 어쩌면 그 이튿날 오후까지 술을 마셨을 것이었다. 밤 열한시쯤 우리는 자리에서 일어났고, 그는 택시로 나를 집까지 바래다주었다. 우리가 그날 많은 얘기를 한 것 같지는 않다. 말과 말 사이의 침묵이 더 길었던 자리였다. 그러나 나는 그 자리에서 최근에 끝낸 긴 연애에 대해 얘기했다. 그는 내게 애인이 있단 말을 누이에게서 들었을 테지만, 시시콜콜한 사연에 대해서는 알 리가 없었다. 비록 내가 민희한테는 이런저런 얘기들을 다 했지만 말이다. 민희는 가장 가까운 친구의 사생활을 제 가족들에게 흘리고 다니는 아이는 아니었다. 그는 내 얘기를 듣고 좀 놀라는 듯했다. 그러나 그뿐이었다. 그가 그 자리에서 내게 어떤 감정을 품게 된 건 아닌 듯하다. 그에게서 다시 연락이 온 것은 그로부터 한 달이 지나서였으니까.

그러나 그 한 달 동안 내 감정은 묘하게 부풀어올랐다. 그와의 저녁 자리와 술자리가 계속 떠올랐고, 그의 짤막한 발언들과 긴 침묵들 속에 웅크리고 있을 황폐감에 일종의 연민이 생겼고, 어쩌면 내가 그를 사랑하고 있을지도 모른다는 생각까지 들었다. 어쩌면 내가 그를 처음 본 순간부터 쌓여온 일종의 정겨움이, 나는 결코 그것을 연애감정이라고 생각하진 않았으나, 사랑 비슷한 것이었을지도 모른다. 그에게서 다시 연락이 왔을 때, 나는 일을 핑계로 만나기를 거절했다. 내 감정이 위태롭다고 생각했기 때문이다. 그는 열흘쯤 뒤 다시 내게 전화를 했고, 나는 그를 만나러 나갔다. 그 열흘 동안 나는 내 감정을 정리했다. 아주 위태로운 방향으로. 나는 그를 사랑하고 있었던 것이다. 그러나 내가 먼저 그에게 다가갈 수는 없었다. 그것은 여러모로 보기 흉측한 일이었으므로. 그가 내게 다가오는 것도 마찬가지였을지 모르지만, 그래도 그쪽이 나았다. 능동성은 남자의 몫이니까. 나의 그 곤혹스러움을 눈치챘는지, 그는 내게 순식간에 다가왔다.

우리가 결혼한 것은 그로부터 십일 개월쯤 뒤였다. 그 결혼은 많은 사람을 놀라게 했다. 우선 시집 식구들이 놀랐다. 물론 그들은 그 결혼에 반대하지 않았다. 다만 걱정스러워했다. 특히 시어머니와 민주가. 내가 민형과 결혼하겠다는 뜻을 처음 비친 것은 민주에게였다. 내 말을 들은 민주는 멍한 표정이 되었다.

"농담하는 거지, 언니?"

"아니야, 우리끼린 마음을 정했어. 일 년 가까이 만나기도 했구."

"아니, 어떻게 그런 일이 있을 수 있어? 지금 오빠 상황을 모르는 거야? 오빠를 동정하는 거야?"

"그렇지 않아. 내가 누구에 대한 동정으로 결혼할 만큼 미련해 보이니? 민형이를 사랑해. 닭살 돋는 말이긴 하지만. 순식간에 걔가 내 마음속에 들어와버렸어. 쉽게 타오른 사랑은 쉽게 식는다는 말도 있지만, 이렇게 타올라 있을 때 결혼하고 싶어. 그리고 지금 생각으론 쉽게 식을 것 같지도 않고. 내가 독신으로 살 생각이 없다는 건 너도 알고 있을 테고."

"언니 사귀는 사람 있지 않아?"

"끝냈어."

"그 사람은 사랑하지 않았다는 거야?"

"너도 그 닭살 돋는 말을 할 줄 아는구나. 사랑이라는 말 말이야. 그 남자를 사랑하지 않았다고 말하면 거짓말이겠지. 사랑했어. 그런데 상황이 좋지 않았어. 자본주의사회의 결혼이란 어차피 계급혼 아니니?"

"상대가 어마어마한 사람이었나보지? 집안도 그랬을 테구."

"어마어마하달 것까진 없었어. 강남에 널따란 아파트 두 채 지니고 있는 집이었구, 당사자는 의사였어. 암튼 그 집 식구들이 날 달가워하지 않았어. 만약에 너네 집 식구들두 날 달가워하지 않는다면 나는 민형이랑두 끝내게 될지 몰라. 난 당사자만 보구 결혼할 순 없어. 모셔야 할 엄마도 있구."

"그건 알겠어. 언니가 민형 오빠랑 결혼하면, 언니 어머님은 당연히 오빠가 모셔야 하겠지. 그렇지만 상황이 좋지 않은 걸루 따지면, 우리 집이나 민형 오빠가 훨씬 더 심하잖아. 언니가 뭘 잘못 알구 있는 거 아냐? 지금 민형 오빠 상황을 알아?"

"민주야, 난 민희랑 중학교 때부터 단짝이었어. 고등학교 때 잠깐 떨어져 있었지만, 그때두 자주 만났구. 그러다가 대학에서 다시 만나 꼭 붙어다녔잖아. 넌 민희랑 내가 같은 대학 수학과에 함께 진학한 게 우연인 것 같니? 우리 둘이 떨어져 있기 싫어서 같은 학교 같은 과에 지원한 거야. 사실 민희 성적으론 다른 선택을 할 수도 있었지. 그렇지만 걔가 나랑 붙어 있길 원했어. 나두 그랬구. 민희와 나 사이에 서로 비밀 같은 건 거의 없었어. 아니, 거의가 아니라 하나두 없었을걸? 민희한테 다 들었어. 민형이두 나한테 털어놓았구. 내가 다 알구 있는 사실인데, 민형이가 그 말을 털어놓기 너무 힘들어해서, 내 쪽에서 먼저 말했어. 민희한테 다 얘기 들었다구. 그제야 마음의 큰 짐을 덜겠다는 듯 그간의 일을 자세히 털어놓더구나. 얘, 우습지? 민형이가 그 얘기를 하는데, 내 쪽에서 눈물이 나는 거야. 얘가 얼마나 힘들었을까, 아니 이 사람이 얼마나 힘들었을까, 얼마나 힘들까, 지금도 그렇고 앞으로도 그렇고 말이야, 이런 생각이 들면서 눈물이 막 쏟아졌어. 정작 민형이는 침착하게 얘기하고 있었는데. 그때 새삼스럽게 확인했어. 내가 이 사람을 정말 사랑한다는 걸. 그리고 어쩌면 나만이 이 사람을 사랑할 수 있을 거라는 걸. 나만이 이 사람을 받쳐줄 수 있을 거라는 걸. 그게 내 운명이라는 걸."

"언니가 무슨 성인(聖人)이야? 어떻게 그런 상황을 다 알고도 민형 오빠를 사랑할 수 있어? 난 내 친오빠인데두 처음엔 얼마나 혐오스러웠다구. 물론 엄마가 오빠한테 하두 난리를 쳐서 오빠를 감싸긴 했지만. 좋아, 그 사랑이라는 게 뭔진 모르겠지만, 언니가 오빠를 사랑한다구 쳐. 그런데 결혼까지 하겠다는 거야, 그런 남자랑? 도대체 언니가 뭐가 부족해서? 왜 언니 인생까지 망치려 들어? 우리 집은 정상적인 집이 아니야, 언니. 다들 아무 일 없었다는 듯 살구 있지만, 마음속에 다들 가시 같은 게 있다구. 살짝만 스쳐도 생채기를 낼 아주 날카로운 가시들이. 그렇게 만든 게 민형 오빠구. 그런데두 오빠랑 결혼을 한다구? 이 비정상적인 가족의 일원이 되겠다구?"

"응. 난 늬 오빠랑 같이 있으면 편안해. 서로 아무 말 하지 않고 있을 때두 그래. 옆에 있으면 얼굴을 쓰다듬어주고 싶어. 실제로 같이 있으면 내가 민형이 얼굴을 쓰다듬어주곤 해. 그러면 민형이 얼굴이 좀 밝아지는 것 같아."

　"그게 결국 동정 아냐?"

　"어떤 연민 같은 감정이 아주 없다고는 말할 수 없어. 그렇지만 그건 극히 일부분일 뿐이야. 그리고 사랑이라는 건 어차피 연민을 포함하기 마련 아니니? 그 비율은 천차만별이겠지만. 너는 남자로서 민형이가 모자라는 게 있다고 생각하니? 너 민형이만큼 명민한 남자 주위에서 본 적 있니? 난 없어. 그런 명민함이 아니더라도, 그 자체로 사랑스러운 사람 아냐?"

　"사랑스러운 사람? 그러니까 연애감정을 불러일으킬 만한 사람? 나야 친누이동생이니까 모르지."

　민주가 약간 어색한 표정을 지었다. 그러나 곧 표정을 바꾸고 말을 이었다.

　"나도 민형 오빠한테 혈육애를 느끼지. 그렇지만 나라면 결혼 상대로 오빠 같은 남자는 절대 고르지 않을 거야. 그 일 때문만은 아니야. 뭣보다도 오빠는 세속적 야심이, 아니 의욕 자체가 없는 사람이야. 그 일이 터지기 전부터 말이야. 세속적 야심이 없다는 건 지금 내가 나쁜 뜻으로 하는 말이야. 오빠는 허무의 제스처를 취하는 사람이 아니라 진짜 허무주의자라구. 온전한 사람이랄 수가 없어. 어딘가가 망가져 있는 사람. 더구나 그 일 뒤론 사람이 훨씬 더 망가진 것 같구. 같이 술 마셔봤어? 완전히 알코올중독자야. 소주 없이 잠자는 날이 거의 없어."

"몰라. 알코올중독자라는 말은 과장처럼 들린다, 얘. 나랑 만날 땐 부러 절제를 하는지 모르겠지만 술을 안 마실 때도 많다. 그리고 아직은 젊잖아. 술 좀 마셔도 괜찮아. 술 없이 마음을 다스릴 수 있다면 가장 좋겠지만, 술을 먹어야 마음이 조금이라도 편해진다면 술을 마셔야지 어떡하겠니. 결혼하면 좀 나아지겠지. 내가 통제를 하기도 할 거구."

앞질러 말하자면, 나는 남편의 술 마시기를 통제할 수 없었다. 그리고 남편이 그렇게 술을 좋아하는지, 아니 그렇게 술에 의존하는지도 그땐 몰랐다. 술 좀 덜 마시라고 가끔 잔소리를 하긴 하지만, 남편은 건성으로 "그래야 할 텐데"가 고작이다. 사실 술로부터 남편을 떼어놓을 생각은 없다. 적어도 지금은 말이다. 건강 하나는 타고났는지, 남편이 아직 술로 병을 앓은 적은 없다.

"정말 언니가 오빠를 모르긴 모르는군. 알구 모르구를 떠나서 정말 대단해서, 현주 언니. 난 언니가 오빠랑 결혼한다면 물론 대찬성이야. 나두 결국 오빠와 한가족이니까. 오빠가 지금처럼 계속 망가져서 사는 건 싫어. 결혼을 하면 적어도 더 나빠질 것 같진 않아. 더구나 언니처럼 오래 알아온 사람과 결혼한다면. 그저 언니한테 미안하고 언니가 고마울 뿐이지. 그런데 그게 왜 하필 언니야? 왜 그런 바보 같은 사랑에 빠졌어?"

"민주야, 나 말고두 민형이를 이해하고 감싸줄 여자가 쉽게 있을 것 같니? 그 모든 일을 알고도?"

"결국 연민이군."

"아니라니까. 난 민형이한테 열정이 있어. 그리고 무엇보다도, 민희가 축복을 해줄 것 같아. 분명히 축복을 해줄 거야. 나랑 제일 친했던 친구가 말이야."

"나 말구두 우리 식구 중에 언니랑 민형 오빠랑 그런 사이라는 거 아는 사람 있어?"

"너한테 처음 말하는 거야. 영미한테두 말 안 했어. 네 부모님껜 오빠가 먼저 말씀드리고 내가 찾아뵈려구."

"하, 이제 언니 우리 식구 되면 나한테 말도 못 놓겠네."

민주와 만난 지 일주일쯤 뒤 나는 미래의 시댁을 찾았다. 중학교 때부터 드나들던 집이라 공간이 낯설지는 않았다. 그러나 이 집 식구가 되게 해달라는 허락을 받으러, 어쩌면 이 집 식구가 되겠다는 통고를 하러 간 참이어서 마음의 긴장이 없을 순 없었다. 시댁 사람들한텐 민형과 민주가 미리 말을 해놓은 상태였다. 민주가 영미한테도 사정을 전했다. 나중에 민주한테 듣기론, 민형이나 내가 영미한테 먼저 귀띔을 해주지 않은 걸 개가, 아니 영미 아가씨가 몹시 서운해했다고 한다. 그 자리에는 내 미래의 시부모님과 내 미래의 남편, 그리고 민주가 있었다. 집엔 꼬마도 있었다. 이 집에 마땅히 있어야 할 아이였다. 한 시간쯤 늦게 영미도 왔다. 오랜만에 보는 영미가 꽤 미인이어서 나는 조금 놀랐다. 내 기억 속의 영미는 뚱뚱하고 볼품없는 여자애였다. 꼬마는 영미를 보더니 얼굴이 환해졌다. 묘한 기분이 들었다. 영미는 그 집에서 살고 있지도 않았으니 말이다. 꼬마가 민주보다 영미를 더 좋아하는 게 한눈에 보였다. 영미를 훨씬 띄엄띄엄 봤을 텐데도. 내 미래의 시어머니는 양손으로 내 오른손을 감싸고 펑펑 우셨다.

"현주야, 니가 우리 민형이를 살려주는구나. 이 고마움을 어떻게 갚니? 내 죗값을 니가 치르는 것 같구나. 우리 집의 저주를 니가 풀어 주러 왔구나. 그래두 민형이가 바탕이 착한 애라서 니 마음고생은 안 시킬 거야."

미래의 시아버지는 별말씀이 없으셨다. 내 미래의 남편은 제 어머니에게 신경질을 부렸다.

"엄마, 호들갑 좀 그만 떠세요, 제발. 옆집에서 초상난 줄 알겠어요."

민형은, 내 미래의 남편은 그 말을 한 뒤 무슨 생각이 떠올랐는지 멈칫했다. 미래의 시아버지가 민형을 노려보았다. 미래의 시누이 민주와 영미가 제 오빠에게 안타까운 눈길을 건넸다. 그 자리에서 우리 결혼이 결정된 것은 아니었다. 나는 미래의 남편과 함께 엄마를 찾아 봬야 했으니까. 엄마는 처음에 민형을 그리 내켜하시지 않았다. 당연한 일이었다. 엄마는 의사 사위와 부자 사돈을 기대하고 있었으니까. 그렇다고 엄마를 속물이라고 할 수는 없다. 엄마가 처음부터 무슨 사돈집 덕을 보려고 생각한 것은 아니었으니까. 다만 내가 두 해 넘게 의사와 연애를 하는 걸 보고 그 사람이랑 결혼하는 것을 당연하게 생각했을 따름이었다. 엄마는 이내 민형을 좋아하게 되었다. 엄마도 마음속으론 딸을 부잣집으로 시집보내는 게 걸렸던 모양이다. 내가 마음고생 할까봐서 말이다.

"정말 잘했다. 한서방이랑 넌 천생연분이다."

민형이 세번째로 엄마를 찾은 뒤, 엄마가 내게 한 말이다. 나는 민형이 최근 몇 년간 겪은 상황을 엄마에게 말하지 않았다. 그 얘기를 다 했다면, 엄마는 이 결혼을 한사코 반대했을지도 모른다. 앞으로도 엄마에게 사실 전부를 털어놓을 수는 없을 것 같다. 공연히 엄마의 신경증만 악화시킬지도 모를 일이니까. 민형은 엄마를 보자마자 좋아했다. 자기 부모님한텐 쌀쌀맞은 민형이 엄마를 그리 곰살갑게 대하는 걸 보면 신기하다. 한 인격체로서 엄마가 시부모님보다 더 낫다는 판단은 서지 않는다. 엄마도 시부모님도 다 그렇고 그런 사람들이다. 아주 악하지도 않고 아주 착하지도 않은 사람들. 그런데 남편은 엄마에게 왜 저리 다정할까? 나에 대한 부채의식 때문에? 그런 것이 아주 조금은 있을지도 모른다. 그러나 그에 앞서 두 사람은 궁합이 맞는 것 같다. 아무 때나 술에 절어 들어오는 남편에게 꿀물을 타주거나 해장국을 만들어주는 이는 엄마다. 엄마의 생일이 되면, 남편은 꼭 엄마와 나와 지현이를 값비싼 레스토랑으로 이끈다. 그리고 엄마에게 뭔가를 선물한다. 나나 지현이한테도 하는 일이지만, 자기 친부모한텐 결코 하지 않는 일이다.

오늘은 남편 생일이다. 노량진시장에서 연어회를 떠왔다. 마주앙 모젤도 두 병 사왔다. 한 병 더 살까 하다가, 괜히 남편의 술 시동을 거는 짓일지도 모른다는 생각이 들어 두 병만 샀다. 연어회는 남편이 가장 좋아하는 음식이다. 연어회에 백포도주나 사케를 마실 때, 그는 더할나위없이 행복해한다. 물론 그가 평소에 마시는 술은 '소맥'이다. 그가 소맥을 꼭 좋아해서는 아니다. 그는 술을 가리지 않고 마시지만, 그중에서도 와인이나 위스키를 좋아하는 편이다. 백포도주와 연어회, 적포도주와 안심스테이크, 멜론과 위스키는 남편이 가장 좋아하는 조합이다. 그러나 자기 경제적 처지를 아는지, 술집에서는 주로 소맥만 마시는 모양이다. 하기야 술이 일상인 사람이 와인이나 위스키만을 고집한다면 살림이 무너져내릴 게다. 적포도주는 종류를 안 가리고 꼭 프랑스산을 고집하는 남편이지만, 백포도주는 마주앙 모젤로 만족한다. 엄마와 나, 남편과 지현이가 테이블에 둘러앉았다. 지현이는 회를 먹지 않지만, 연어회만은 예외다. 제 아빠 입맛을 닮은 것 같다. 제 아빠는 생선회라면 다 좋아하지만, 그래도 특히 좋아하는 것은 연어회다. 사실 우리 집 식구―지금 테이블에 둘러앉은 네 사람 말이다―는 다 연어회를 좋아한다. 마주앙 모젤은 거의 다 엄마와 남편이 나눠 마셨다. 나는 한 잔만 마셨다.

"어머님, 요새 좀 어떠세요?"

남편이 엄마에게 묻는다. 엄마의 강박신경증에 대해 묻는 거다.

"그만그만해. 약을 먹으니까 좀 낫긴 한데, 그 대신에 몸이 좀 힘들어. 낮에두 자꾸 잠이 오구."

"할머니, 어디 아퍼?"

지현이가 묻는다.

"어이구, 우리 강아지. 괜찮아. 그냥 마음이 좀 아프단다."

"마음이 왜 아퍼?"

"응, 그런 게 있어. 우리 지현이는 커서도 마음이 아프지 마소."

"약을 좀 줄이시면 어떻겠어요?"

남편이 다시 엄마에게 묻는다.

"글쎄, 그걸 나두 잘 모르겠어. 약을 줄이면 증세가 더 심해지는 것 같거든. 몸이 덜 힘든 대신에."

"마음 편한 게 제일이죠. 낮에두 주무시고 그러세요. 정신이 좀 맑아지시면 산책도 하시구요."

"난 한서방이 걱정이야. 술 좀 줄여."

"예, 알겠습니다. 저도 제가 술을 너무 탐한다는 걸 아는데, 일단 술자리에 앉으면 일어나기가 싫으네요. 어머니, 너무 걱정 마세요."

어쩐 일로 남편이 일찍 자리를 끝내고 잠자리에 들었다. 그때 시어머님한테서 전화가 왔다. 술에 꽤 취한 목소리였다.

"지현 어미니?"

"네, 어머니."

"그냥 걸었다. 니가 정말 고마운 애야. 니가 우리 집 복덩어리야."

"어머니, 술 많이 드셨군요."

"많이는 뭐. 그냥 네 시아버지랑 둘이 조금 마셨다. 큰 테이블에 둘만 있으니 좀 허전하구나. 민주도 저녁 약속 있다고 아직 안 들어왔고. 애비 저녁은 잘 먹였니?"

"네, 방금 자러 들어갔어요. 어머님이 전화하셨더라구 내일 아침에 전할게요."

"그럴 필요 없어. 오늘 낮에도 그 녀석이랑 통화했다. 어찌나 쌀쌀맞던지, 참 니가 고마우면서도 부럽구나. 너한텐 잘하지?"

"예, 어머니…… 어머니랑도 괜찮아질 거예요. 설거지하지 마시고 그냥 주무세요. 제가 내일 아침에 들러서 할게요."

"그럴 순 없지, 에미야. 내가 못 하면 민주한테라도 맡겨야지, 너한테 두 집 살림을 하게 할 수야 없지. 그냥 마음이 좀 허전해서 걸어봤다."

"괜찮아요, 설거짓거리 그냥 놔두세요. 내일 쉬는 날이잖아요. 아니면 제가 지금 건너가서 치울까요?"

"됐어. 거기서 여기가 어디라구. 시어미 설거지 대신 해주려구 밤길을 걷는단 말이야? 술 몇 잔 마시다보니 애비한테 서운한 마음이 들어서 니 목소리라도 들으려고 전화한 거야. 에미야, 내가 그렇게 못된 인간이니?"

"무슨 말씀이세요, 어머니. 어머니 아주 좋은 분이세요."

"넌 날 좋아하지?"

"당연하죠, 어머니. 민주 아가씨보다, 영미 아가씨보다, 아니 아버님보다도 더 어머니를 좋아해요."

"듣기 좋은 말은 참 잘하누만. 그것두 이쁘다. 그런데 니 서방은 왜 날 그리 미워한다니?"

"미워하긴요! 애비가 마음이 힘들어서 부모님께 일일이 신경을 못 써드리는 것뿐이에요. 앞으로 달라질 거라니까요."

"그랬으면 정말 좋겠다. 내가 그 아이를 얼마나 귀하게 키웠는데, 그 녀석한테 이런 취급을 받고 살다니. 그 녀석 사돈어른한텐 사근사근 말도 잘하지?"

"그렇지도 않아요. 애비가 어른들하곤 얘길 별로 안 하잖아요."

어떨 땐 거짓말이 예의다. 그 '어떨 때'라는 것이 너무 흔해서 탈이지만.

"내가 모를 줄 알구? 다 안다, 에미야. 그 녀석 엄마는 내가 아니라 늬 어머니야."

"정말 많이 취하셨네요. 어머님, 설거짓거리 그냥 두시고 주무세요. 제가 내일 일어나자마자 찾아뵐게요."

"알았다. 시에미랑 더 얘기가 하기 싫은 모양이구나. 이만 끊는다."

"예, 어머님, 편히 주무세요."

시어머니에게 문득 연민이 생겼다. 새삼스러운 일이긴 하지만. 그러나 남편에겐 자기 어머니에 대한 증오라 할 만한 것이 있다. 나로서는 그 세세한 사정까지는 잘 모르겠지만, 그리고 작은 미움들이 오랜 세월 쌓인 것이겠지만, 이 모자 갈등의 중심엔 아마 영미 아가씨가 있을 게다. 남편이 언젠가 그런 비슷한 얘길 한 적이 있다. 술에 취해서가 아니라 맨정신으로 말이다.

"우리 엄마라는 사람은 영미를 하녀로 부리려구 입양한 거야. 종살이시키려구 입양한 거라구. 영미가 엄마한테 '엄마!'라구 부를 때마다, 난 낯이 뜨거워 어쩔 줄 몰랐어. 차라리 '사모님!'이라구 부르게 할 것이지. 그게 아니면 '아줌마'도 좋구. 엄마? 그런 소릴 들으면서도 우리 엄만 태연했어. 내가 세상 누구도 윤리적으로 비난할 자격이 없다는 건 알지만, 암튼 우리 엄만 진짜 천한 사람이야. 그래서 나 같은 놈이 태어났겠지. 그래, 엄마의 그 천함이 내 속에 있어."

대충 설거지를 하고 나도 침실로 들어갔다. 한쪽 켠 남편 책상에 『행복한 가족』이라는 소설이 놓여 있다. 프랑수아즈 파리스? 처음 들어보는 작가다. 아무 데나 펼쳐보았다.

"왜 너 혼자 왔니? 디디에는 못 와?"

엘렌이 베로니크에게 물었다.

"곧 올 거예요. 사마리텐에 좀 들러온다고 했어요."

"그럼 왜 너도 같이 오지 않고?"

"둘 다 늦으면 엄마가 싫어할 거 아니에요?"

"중국으로 가게 됐다면서?"

이번에는 피에르가 베로니크에게 물었다.

"네, 다음달 말쯤에. 베이징으로 발령이 날 거예요."

"하긴, 디디에가 중국학을 공부했지."

"그런데 넌 중국어를 한마디라도 할 줄 아니?"

엘렌이 베로니크에게 물었다.

"스페인어나 이탈리아어 같은 언어가 아니에요. 지금부터 배워 간단한 의사소통이라도 하려면 몇 년은 걸릴 거예요. 아예 포기했어요."

"그럼 넌 중국 사람들이랑 어떻게 어울릴래?"

"디디에 뒤만 따라다니죠, 뭐. 그리고 대사관에 현지인 직원이 몇 있을 테니까 큰 불편은 없을 거예요."

"그래두 조금이라두 배워보지?"

피에르가 끼어들었다.

"아, 참 아빠두. 어지간한 노력으로 배울 수 있는 언어가 아니라니까요. 모르죠, 거기 살다보면 조금은 익히게 될지도. 그리고 웬만한 중국인들이 영어는 할 줄 알 거 아니에요?"

"니 영어가 문제지. 바칼로레아에서 니가 제일 망친 게 영어라는 거 벌써 잊어버렸어?"

"아빠 영어보다는 훨씬 나아요. 그래도 제가 런던에 육 개월이나 머물렀잖아요."

"넌 거기서도 프랑스 여자들이랑만 어울렸잖아?"

"어쨌든 제 일은 제가 알아서 할게요. 잇츠 넌 어브 유어 비즈니스, 대디!"

사실 베로니크는 외국어를 배우는 데 재능이 없었다. 콜레주와 리세를 통해서 베로니크가 가장 점수가 나빴던 과목이 영어와 스페인어였다. 영어를 배우겠다고 런던에 얼마간 머물고 온 뒤에도 그녀의 영어는 크게 나아지지 않았다. 외교관의 부인으로서 단점이라 할 만했다. 그러나 베로니크는 별걱정을 하지 않았다. 대학 시절 유럽 대부분 지역을 배낭여행한 적이 있는데, 그녀는 프랑스어가 전혀 통하지 않는 지방에서도 의사소통하는 데 별지장이 없었다. 그녀의 몸짓언어, 표정언어가 워낙 섬세했기 때문이다. 반면에 디디에는 중국어만이 아니라 일본어에도 능했다. 영어는 말할 것도 없고, 독일어와 스페인어에도 꽤 능숙했다. 대학 시절만이 아니라 외교부에 들어가 이곳저곳을 다니게 될 때, 현지어를 익히려고 애썼기 때문이다. 그러나 외국어를 잘하고 못하는 것이 꼭 마음가짐이나 태도의 문제만은 아니다. 거기에도 어느 정도 재능이 있고 없고가 작용한다. 디디에에게는 재능이 있었다. 뒤피에 가(家) 사람들에게서는 거의 발견할 수 없는 재능이었다.

나는 어떨까? 베로니크보다는 언어에 재능이 있는 것 같다. 영어책이나 일본어책을 읽는 데 큰 불편이 없고, 말도 그럭저럭 할 수 있으니. 그러나 남편에게 견줄 수는 없다. 남편은, 외교관은 아니지만, 디디에와 비슷한 사람이다. 외국어를 배우는 데 재능이 있고, 외국어 익히는 것을 즐긴다. 최근엔 아랍어를 배우기 시작한 모양이다. 출판사 편집자로서 일생을 마치기엔 확실히 아까운 사람이다. 그러나 아마 그는 이 직업을 그만두지 않을 것이다. 뭐, 그의 외국어 지식이 출판사 편집자라는 직업에 도움이 되기도 할 것이다. 남편 옆에 누웠다. 잠자는 그의 얼굴을 물끄러미 바라보다가 두 손으로 양볼을 쓰다듬어 보았다. 내 손은 그의 목으로 가슴으로 배로 그 아래로 내려갔다. 남편이 나를 끌어안았다. 나는 천천히 그의 옷을 벗겼다.

한영미(1983~)

엄마는 왜 나를 입양했을까? 나를 동정해서 그랬던 걸까? 내가 보육원에 가느니 차라리 남의 집 종살이라도 하는 것이 낫다고 생각했을까? 보육원에 갔다면 내 십대가 훨씬 더 비참했을까? 아니, 나를 집에 들였다고 해도 입양은 하지 않고 그냥 키워주기만 할 순 없었을까? 그런 상상이 무슨 소용이랴? 그래도 계속 궁금하다. 나는 한 번도 엄마에게 그 이유를 물어본 적이 없다. 물어볼 엄두를 못 냈다. 엄마는 겉보기와 달리 합리적으로 대화를 할 줄 아는 사람이 아니다. 나는 늘 엄마가 무서웠다. 적어도 대학에 들어가기 전까지는. 엄마가 본디 몰상식한 사람이라고 치자. 그럼 아빠는 왜 거기 동의했을까? 아빠의 동의 없이 엄마가 나를 입양할 수는 없었을 것이다. 나는 지금도 아빠를 이해할 수 없다. 내가 어려서부터 알아온 아빠는, 비록 이상적 아빠는 아니지만, 하녀를 하나 두기 위해 어린아이를 입양할 분은 아니다. 어쩌면 엄마의 기에 눌려서 그랬는지도 모른다. 술을 드시고 돌아오시면, 아빠는 가끔 내 손을 잡고 '미안하다'는 말을 되풀이하셨다. 물론 민주가 없을 때였다. 민주만이 아니라 아무도 없는 자리에서였다. 그게 위안이 되긴 했지만, 큰 위안이 되진 못했다. 집안 분위기를 휘어잡는 건 엄마였으니까. 민형 오빠가 아니었다면, 나는 아마 어려서 집을 나왔을 것이다. 그 집은 내 집이 아니었으니까. 나는 그 사람들의 가족이 아니었으니까. 민형 오빠가 나를 구원해주었다. 민형 오빠는 정말 내 가족이었다. 민희 언니나 아빠에게도 가끔은 가족적 유대감을 느꼈지만, 민형 오빠만큼은 아니었다. 오빠는 늘 민주와 나를 똑같이 대했다. 어쩌면 나에게 더 잘 대해준 것도 같다. 아니, 분명히 그랬다. 그게 동정심에서가 아니라 가족애에서였으면 좋겠다. 누이동생에 대한 애정에서였으면 좋겠다. 오빠와 함께 간 PC방, 스케이트장, 풀장, 영화관, 수족관 들에 대한 기억이 나를 그 집에서 버티게 해주었다. 그런 외출들엔 민희 언니나 민주가 끼일 때도 있었고, 오빠와 나 단둘이 간 적도 있었다. 엄마와 아빠는 나를 그런 데 데려가준 적이 없다. 고등학교 일학년 때의 어느 휴일, 오빠와 단둘이 코엑스에 간 적이 있다. 그때 오빠는 대학 신입생이었다. 우리는 메가박스에서 영화 〈아랑훼스의 정원〉을 보았고, 수족관엘 들렀고, 서점 반디앤루니스엘 들렀고, 베니건스에서 저녁을 먹었다. 반디앤루니스에서 오빠는 내게 황인숙 시집 『슬픔이 나를 깨운다』를 사주었다. 그 시집의 표제시를 어찌나 여러 번 읽었는지 지금도 외우고 있다.

슬픔이 나를 깨운다.
벌써!

매일 새벽 나를 깨우러 오는 슬픔은
그 시간이 점점 빨라진다.
슬픔은 분명 과로하고 있다.
소리없이 나를 흔들고, 깨어나는 나를 지켜보는 슬픔은
공손히 읍하고 온종일 나를 떠나지 않는다.
슬픔은 잠시 나를 그대로 누워 있게 하고
어제와 그제, 그끄제, 그 전날의 일들을 노래해준다.
슬픔의 나직하고 쉰 목소리에 나는 울음을 터뜨린다.
슬픔은 가볍게 한숨지으며 노래를 그친다.
그리고, 오늘은 무엇을 할 것인지 묻는다.
모르겠어…… 나는 중얼거린다.

슬픔은 나를 일으키고
창문을 열고 담요를 정리한다.
슬픔은 책을 펼쳐주고, 전화를 받아주고, 세숫물을 데워준다.
그리고 조심스레
식사를 하시지 않겠냐고 권한다.
나는 슬픔이 해주는 밥을 먹고 싶지 않다.
내가 외출을 할 때도 따라나서는 슬픔이
어느 결엔가 눈에 띄지 않기도 하지만
내 방을 향하여 한 발 한 발 돌아갈 때
나는 그곳에서 슬픔이
방 안 가득히 웅크리고 곱다랗게 기다리고 있음을 안다.

왜 이 시에 내 마음이 그리 쏠렸는지 모르겠다. 내 삶의 일용할 양식이 슬픔이어서? 이 시에는 화자가 왜 슬픈지 나와 있지 않다. 슬픔은 그저 화자의 그림자다. 아무튼 나는 그날 밤부터 이 시를 읽고 또 읽었다. 오빠는 베니건스에서 안심스테이크를 사주었다. 처음으로 와인 맛을 본 게 그 자리에서였다.

"오빠 따라 왔으니까 너도 한잔 마셔도 돼."

오빠는 내가 미성년자인 걸 확인시키듯 그렇게 말했다. 처음 마셔보는 와인은 시큼하기만 할 뿐 입에 맞지 않았다. 뒷날 내가 와인을 이리 좋아하게 될지 그때는 몰랐다.

"오빠, 대학생 되니까 좋지?"

"응, 좋아. 꼭 대학생이 되어서라기보다 고3이 지난 게 좋아. 아무튼 엄마한테 공부하란 소린 더이상 듣지 않아도 될 거 아니니? 너도 앞으로 삼 년 동안 공부 스트레스 좀 받겠다."

그건 사실이 아니었다. 나는 성적이 그리 뛰어나지도 못했지만, 그렇다고 공부에 스트레스를 받지도 않았다. 성적이 된다 하더라도 대학에 다닐 수 있을지가 불확실했다. 부모님이 내 학비를 대줄지 알 수 없었기 때문이다. 나는 민형 오빠의 동생이었고 민희 언니의 동생이었지만, 그 집의 진짜 가족은 아니었다. 특히 엄마는 민주와 나를 눈에 띄게 차별했다. 민주의 학교 성적에는 예민했지만, 내 학교 성적에는 무덤덤했다. 민주에겐 중학교 때부터 공부하란 잔소리를 많이 했지만, 내겐 공부에 대한 잔소리보다는 집안 청소와 빨래에 대한 잔소리가 더 많았다. 나는 엄마의 딸이 아니었다. 나는 한씨 집안의 하녀였다.

"오빠, 나두 대학에 갈 수 있을까?"

나는 내 성적만이 아니라 학비를 염두에 두고 오빠에게 물었다.

"물론 당연히 가야지. 지금 그 성적도 그렇게 나쁘진 않지만, 이 년 반은 니 성적을 훌쩍 올리기에 충분한 시간이야. 너 혼자서 힘들면 내가 옆에서 도와줄게."

오빠는 오직 성적만을 염두에 두고 대답했다. 실제로 오빠는 나와 민주가 졸업반이 되자 주말이 되면 영어와 수학을 가르쳐주었다. 말하자면 민주와 나는 오빠에게 무료 과외를 받은 셈이다. 고1 때까지 내 성적은 민주에게 못 미쳤지만, 고2 어느 순간부터는 민주를 제치게 되었다. 그것도 큰 차이로. 그래도 결국 내신에서 내가 민주를 앞설 수는 없었다. 일이 학년 때 성적이 그리 좋지 않았기 때문이다. 하지만 나는 수능시험에서 민주보다 훨씬 높은 점수를 받았다. 내 실력만이 아니라 운도 많이 따랐다. 그해엔 수능이 특히 어려웠다는 평가를 받았는데, 나는 평소 모의고사 때보다도 점수가 훨씬 잘 나왔다. 그래서 오빠의 대학 후배가 될 수 있었다. 비록 과는 달랐지만. 민주는 그만그만한 사립학교 신문방송학과엘 들어갔다.

"오빠, 나, 첫 학기 등록금만 대주면 어떡해서든 내 힘으로 대학엘 다니겠는데."

"글쎄, 그런 걱정은 말라니까. 그리구 첫 학기 등록금만이라니. 여덟 학기 등록금 전부 부모님이 대실 거야. 공부에나 전념해. 대학에서 뭘 공부하고 싶니?"

"아직 그런 생각 안 해봤어. 대학에 갈 수 있을지 없을지도 모르는데."

"대학엔 당연히 가는 거고, 뭘 공부하고 싶냐구?"

"글쎄, 막연히 문학이나 철학을 공부하고 싶긴 해. 멋있어 보여서."

"얘가 대학 졸업하고 취직할 생각은 아예 없구먼. 어쩜 나랑 그리 닮았니? 내가 인류학과에 원서를 집어넣었을 때, 엄마 아빠가 낙심하는 거 봤지?"

"엄마 아빠는 오빠 성적이 아까웠겠지. 경영대나 법대에 넣어도 충분히 될 점수였잖아. 사실 오빠는 엄마 아빠를 실망시켰지 뭐."

"그럼 넌 엄마 아빠를 실망시키지 마."

"어휴, 지금 내 성적으론 실망시키구 말구 할 것두 없어. 무슨 과를 택하든 이대 가기두 어려운 성적이야. 그리구 내가 무슨 과를 가든, 어느 학교를 가든, 엄마 아빠가 실망하시거나 대견해하시거나 그럴까?"

나는 좀 도발적으로 말했다. 오빠는 잠시 말이 없었다.

"힘들지? 여태까지 많이 힘들었을 거구. 대학에만 들어가면 나아질 거야. 니가 원하면 독립할 수도 있을 거구."

"정말 독립할 수도 있을까?"

"니가 원하면."

"무슨 돈으루?"

"엄마 아빠가 마련해주지 않으면 나라두 마련해볼게."

"진짜?"

"진짜!"

그 말은 좀 어긋난 방식으로 실현되었다. 성적 장학생이 되어 등록금을 면제받기 시작한 대학 이학년 때부터 나는 집을 나와 학교 근처에서 자취를 했다. 민형 오빠가 돈을 마련해준 셈이었다. 간접적으로.

오빠는 엄마 아빠가 내게 전세방 하나를 마련해주지 않으면 견딜 수 없도록 몽니를 부렸다. 민형 오빠가 나를 위해 엄마 아빠에게 몽니를 부린 게 그때가 처음은 아니었다. 내가 대학엘 다닐 수 있었던 것도 순전히 민형 오빠 덕분이었다. 고3이 되기 전까지, 어쩌면 수능시험을 보기 전까지도 엄마는 내 대학 진학에 다소 소극적이었다. 다른 식구들도 그저 시늉으로만 나를 지지해주었다. 민희 언니와 민형 오빠만 달랐다. 특히 오빠는 수능시험을 몇 달 앞둔 어느 일요일 저녁에, 무서운 결기로 엄마를 다그쳤다. 내 짐작일 뿐이긴 하지만, 오빠와 엄마의 사이가 저렇게 벌어진 데는 내 대학 진학을 두고 벌였던 갈등이 큰 몫을 했을 것이다. 물론 그전부터 오빠는 엄마와 사이가 그리 좋지 않았다. 그러나 그때 오빠가 엄마에게, 아니 가족 전체에게 벌인 '난동'은 내가 처음 보는 것이었다. 내가 독립하는 데 도움을 줄 때도 그렇게 과격하게 식구들을 힐난하지는 않았다. 그때 오빠는 "당신이 도대체 영미 엄마야? 당신이 아빠야? 누나, 그리구 민주 너, 늬들이 과연 영미 가족이야?"라고 소리쳤다. 식탁을 주먹으로 내리치면서 말이다. 그리고 이어서 말했다.

"도대체 이 아이가 당신들한텐 뭐야? 야, 한민주! 너 영미한테 자매애라는 게 조금이라도 있는 애야? 가족으로 십 년을 넘게 살았는데. 아니, 좋아, 니가 영미한테 가족애가 없다고 해도 좋아. 동년배로서 우정도 없니? 아니 미안함도 없니? 니 할 일 영미한테 맡긴 세월이 부당하다고 생각되지 않아? 너 그것밖에 안 되는 기집애야? 엄마가 저렇게 나오면 너라도 엄마 치마 붙들고 영미 대학 보내야 한다고 조르는 게 옳지 않아?"

아, 그 자리에 내가 없었다면 얼마나 좋았을까? 나는 민망해 어쩔 줄 몰랐다. 그날 밤, 오빠는 나를 베란다에 불러내 끌어안고 엉엉 울었다. "미안하다, 영미야"를 되풀이하면서. 오빠가 나한테 '미안하다'는 말을 되풀이한 것은 그때가 처음이었다. 나에 대한 미안함이 오빠에게 있었는지는 모르지만, 아니 분명히 있었을 것이다, 아무튼 오빠는 그것을 입밖에 내지 않았다. 그냥 행동으로, 그리고 아마 마음으로, 나를 위해주었다. 나는 그것을 느낄 수 있었다. 대입 합격자 발표가 난 날, 가장 기뻐해준 사람도 오빠였다. 그날 오빠는 나를 명동의 '오슈발'로 데리고 가 밥과 술을 사주었다.

"결과가 나왔으니 이제 한번 물어보자. 왜 미학과를 선택했니?"

"아이 참, 오빠두. 내신에 자신이 없어서 그런 거지. 그냥 안전하게 넣은 거야. 난 오빠랑은 달라. 사실은 영문과엘 가고 싶었어."

그것은 반만 정직한 말이었다. 안전하게 넣은 건 사실이지만, 영문과가 미학과보다 훨씬 매력적으로 보였던 것은 아니다. 미학이라는 학문이, 그땐 정확히 뭘 배우는 학문인지도 몰랐지만, 막연히 나를 끌어당겼다. 내 허영심을 부채질했다.

"음…… 그랬구나. 그런데 외려 잘된 일일 수도 있어. 영문과에서보단 미학과에서 예술 전반에 대해 폭넓게 공부하기가 쉽지 않겠니? 사실 우리 학교 미학과 교수들이 공부를 그리 열심히 하는 것 같진 않더라만, 뭐 너 하기 나름이겠지. 암튼 나처럼 학교 헐렁헐렁하게 다니지 말고 학점 관리 잘해."

"응, 이미 그렇게 결심했어. 요즘처럼 취직하기 어려운 때 학점에 신경을 안 쓸 순 없지. 근데 오빤 왜 그렇게 학교엘 가다 말다 해?"

"공부보다 술이 더 좋은 걸 어떡하니? 그리고 강의실에서보단 술집에서 호모사피엔스에 대해 더 많이 배우게 되더라. 우리 과 교수들도 너네 과 교수들만큼이나 공부를 안 하는 것 같구."

"근데, 법대나 경영대엘 안 간 건 그렇다구 하더라두 왜 인류학과엘 갔어? 인류학과는 철학과나 사회학과처럼 멋있어 보이는 것두 아니잖아."

"응, 나한텐 멋있게 보였어. 사람이라는 게 뭔가, 배우러 들어왔지. 결국은 별로 못 배우구 있지만."

"오빠, 난 정말 내가 대학엘 가게 될 거라고 확신한 적은 한 번도 없어. 그래서 좀 멍한 상태야."

"니가 원하면 대학원에도 갈 수 있겠지. 니가 원한다면 말이야."

물론 나는 원했다. 그러나 나는 대학원에 진학할 수 있다고는 생각하지 않았다. 적어도 대학을 졸업하고 곧바로 진학할 수 없으리라는 것은 알고 있었다. 그렇지만 대학생이 된 것만 해도 어딘가. 그때만큼은 엄마에 대한 미움도 싹 가셨다. 나를 입양해준 것이 고맙게 느껴졌다. 적어도 그 순간만은 말이다.

"어떻게 대학원까지 욕심을 내겠어? 오빠두 참."

나는 결국 대학원엘 갔다. 아직 박사학위는 못했지만 파리4대학에서 석사학위와 D.E.A.*를 받았다. 가족의 도움 없이 순전히 내 힘으로. '순전히 내 힘으로'라고 말하니 왠지 좀 덜 정직한 것 같기는 하다. 내가 파리에 두 해 동안 체류할 수 있었던 것은 정부 덕분이니 말이다. 문화부 사무관들을 대상으로 한 유학 프로그램에 뽑혀서 나는 석사학위와 D.E.A.를 받을 수 있었다. 그리고 머지않아 박사학위도 할 참이다. 사실 지금 논문을 쓰고 있는 중이다. 박사과정은 세미나 참가를 반드시 요구하지 않으므로, 나는 메일로 지도교수와 의견을 주고받는다. 주제는 프랑스와 한국을 포함해 정부 조직에 문화부를 두고 있는 몇몇 나라들의 문화행정을 비교하는 것이다. 석사과정 때 읽은 마르크 퓌마롤리의 『문화국가』에서 영감을 얻었다.

"아냐, 욕심을 내야지. 어차피 미학과엘 들어갔다는 건 공부를 계속하겠다는 거 아냐? 지금은 막막하겠지만, 그때 가면 또 수가 생길 거야."

"그 말은 인류학과에도 적용되는 말 아냐? 그럼 오빠두 대학원에 갈 생각이 있는 거구나?"

"대학원에 갈 생각이 있으면, 이렇게 학교를 엉망으로 다니구 있겠니? 제대로 졸업이나 할 수 있을지 모르겠다. 넌 그러지 말란 말이지. 나처럼 되지 말라구."

"정말 공부는 오빠가 해야 하는 건데. 오빠는 뭘 공부해도 최고가 될 수 있을 텐데."

"말만으루두 고맙다, 얘. 그렇지만 사실 네가 나보다 더 공부에 재능이 있어. 난 네가 처했던 환경에서라면 고등학교 공부도 제대루 못 했을 거야."

오빠 말을 듣고, 지난 십여 년이 머릿속에서 주마등처럼 흘러갔다. 그리고 오빠가 더 정겹고 고마워졌다.

"정말 오빠 아니었으면 나 대학에 못 갔을 거야. 그건 오빠두 인정하지? 고마워, 오빠."

"계속 고마운 말만 해주시는데, 니 등록금 대주는 건 내가 아니라 엄마 아빠야. 그러니까 고마워하려면 그분들한테나 고마워해. 근데 사실 그분들한테도 크게 고마워할 건 없어. 자기 자식 대학 등록금 대주는 건 우리 사회에선 그냥 일상적인 거니까."

"응, 다 고마워. 엄마 아빠두, 민희 언니두."

"참 민주 발표는 언제지?"

"내일. 민주도 합격할 거야. 걔두 비교적 안전하게 넣었거든."

"그래, 재수하는 거보다야 허영심을 좀 줄이는 게 낫지. 민주랑은 괜찮니?"

"괜찮지 않을 게 뭐야?"

"어려서처럼 못되게 굴지 않느냔 말이야."

"사이 괜찮아. 근데 오빠, 바보 같은 질문 하나 해도 돼?"

"얼마나 바보 같은지 들어보고."

"오빤 민주랑 나랑 누가 더 좋아? 누가 더 예뻐?"

오빠가 소리내어 웃었다.

"그건 말 막 배운 애한테 엄마가 좋으니, 아빠가 좋으니 하고 묻는 거랑 똑같잖아. 나두 그래. 늬들이 똑같이 좋아. 민주가 너보다 철이 좀 덜 들긴 했지만, 그것도 귀여울 때가 있어."

내가 바라던 답은 아니었다. 그렇지만 오빠가 달리 어떤 대답을 할 수 있었을 것인가.

"적어도 나보다 민주를 더 예뻐하지는 않는 거군!"

내가 다짐받듯 물었다.

"당연하지. 똑같이 좋아한다니까."

"그래, 믿어줄게."

자취를 하게 된 뒤로 나는 되도록 집에 들르지 않았다. 가족들의 생일이나 명절 때만 얼굴을 내비쳤다. 민희 언니나 민주랑도 가끔 바깥에서 만났을 뿐이다. 민희 언니랑 만난 게 더 자주였다. 같이 미용실에도 가고 찜질방에도 가고 그랬다. 어느 날 찜질방에서 민희 언니가 좀 생뚱맞은 질문을 했다.

"넌 민형이가 그렇게 좋으니?"

"무슨 말이야, 그게?"

"말 그대루. 민형이가 그렇게 좋으냐구."

"그럼 오빤데 당연히 좋지. 언니는 언니라서 좋구."

"아니, 니가 어려서부터 워낙 민형이를 따랐잖아."

"내가 그랬나? 나는 언니두 따른 것 같은데."

"응, 그러긴 했지. 그런데 민형이를 나보다 더 따랐지."

"잘 모르겠어, 언니."

나는 거짓말을 했다. 어려서부터 민희 언니를 따르기도 했지만, 내가 더 따랐던 것은 민형 오빠였다.

"요즘 늬들 보면 오뉘 같지가 않구 꼭 애인 같아서. 어렸을 땐 몰랐는데, 이렇게 큰 모습들을 보니 꼭 애인 같다는 생각이 드네. 서루 아껴주는 게 예사롭지가 않아."

"언니두 참. 오뉘끼리 서로 아끼는 게 뭐가 예사롭지 않아?"

"그래, 세상엔 사이 나쁜 오뉘도 많은데, 서로 아껴주니 다행이지. 근데 내가 보기엔 늬들 어렸을 때부터 민형이가 민주보다 널 더 아꼈던 것 같아."

"아이 참, 내가 언젠가 오빠한테 그거 한번 물어본 적 있어. 민주랑 나랑 누가 더 이쁘냐구. 근데 똑같이 이쁘대."

"뭐 민형이로서야 그렇게 대답할 수밖에 없었겠지."

"언니는 나랑 민주랑 누가 더 이뻐?"

"민형이랑 똑같은 답!"

"싱겁긴!"

"니가 싱겁다, 애!"

　사실 집을 나오고도 오빠와의 만남은 잦았다. 내가 자취를 시작했을 땐 오빠가 군 복무를 마치고 막 복학한 터여서, 우리는 교정에서도 자주 만났다. 오빠가 내 자취방에 들르기도 했다. 한때 나는 오빠를 사랑한다고 생각한 적이 있다. 아니 사랑했다. 연애감정의 그 사랑 말이다. 피가 한 방울도 섞이지 않은 사이인데 연애를 못 할 건 또 뭐란 말인가? 그러나 오빠는 나를 누이동생 이상으로 대하지 않았다. 오빠는 아마 나를 정말 사랑했겠지만, 그건 누이에 대한 사랑이었다. 십대 때, 오빠는 가끔 내 이마에 뽀뽀를 해주기도 하고, 나를 힘껏 안아주기도 했다. 오빠가 내게 연애감정을 가지고 있을지도 모른다는 내 착각은 오빠의 그런 다정스런 태도에서 비롯되었다. 그러나 나는 오빠의 누이동생일 뿐이었다. 오늘 낮에 출판사로 오빠를 찾아가 붉은색 넥타이를 선물했다. 오빠는 기쁨과 고마움을 과장되게 표현했다. 그러나 오빠가 그 넥타이를 하고 다닐 일은 거의 없을 것이다. 본디 정장을 안 하는 성격이니까.

"저녁 때 오빠 집에 들러도 돼?"

"아냐, 민주도 안 올 거구. 너만 오면 다른 식구들이 좀 서운해할 거야."

"알았어. 펠리스 쿰플레아뇨스!"

"그라시아스, 에르마니타 미아!"**

오빠 책상 위에 책 한 권이 놓여 있었다. 『행복한 가족』이라는 제목의 외국 번역소설이었다. 뒤적이다가 중간쯤을 펼쳐보았다.

디디에가 사랑한 것은 오직 베로니크뿐이었다. 디디에는 엘렌도 피에르도 그리 좋아하지 않았다. 베로니크의 남매들도 마찬가지였다. 디디에는 그들이 촌스럽다고 생각했다. 디디에가 처가와 완전히 다른 계급 환경에서 자란 것은 아니다. 두 집 다 크게 보면 프티트 부르주아지였다. 그러나 디디에는 프랑스 최고의 교육을 받았다. 그는 단지 전도양양한 젊은 외교관이었을 뿐만 아니라, 이미 학계가 인정한 중국학자였다. 프랑스 정부의 대(對) 중국 정책에 디디에가 미치는 영향은 외교부에서 그가 공식적으로 차지하고 있는 자리보다 훨씬 컸다. 엘리제궁에서 대통령과 독대한 적도 여러 차례 있다. 그가 중국 문제 최고 전문가라는 것을 대통령도 인정하고 있었다. 이번 중국 파견 근무 뒤에 귀국하면, 그는 외교부를 나와 하원의원직에 도전할 생각이었다. 디디에는 야심 있는 젊은이였다. 그는 총리가 되고 싶었고, 마음 깊은 곳에서는 대통령직에 대한 꿈도 간직하고 있었다. 대통령은 몰라도 총리까지는 불가능한 일이 아니라고 그는 생각했다. 그에 대한 대통령의 신임은 그에게 적도 많이 만들었지만(그 적 가운데는 외교부 장관 장폴 콜롱바니도 끼어 있다), 친구도 많이 만들어주었다. 그 친구들은 외교부만이 아니라 하원과 상원에 수두룩하게 퍼져 있었다. 디디에는 처가 식구

들의 프랑스어가 충분히 점잖지 않다고 생각했다. 사용하는 어휘만
이 아니었다. 그들의 말투엔 파리20구나 몽트뢰유의 이민 노동자
들 억양이 살짝 배어 있었다. 디디에에겐 그 억양이 거슬렸다. 묘하
게도 베로니크에게는 그 억양이 전혀 없었다. 그녀의 프랑스어는,
디디에의 프랑스어처럼, 완벽한 '16구 프랑스어'였다. 디디에도 억
양으로 사람을 판단하는 자신이 속물스럽다는 것을 속으로 인정하
기는 했다. 그러나 그것은 그가 어려서부터 아버지로부터 배운 처
세술의 한 가지였다. '16구 프랑스어'를 쓰지 않을 바에야, 차라리
프랑스어를 쓰지 마라! 이것이 아버지의 수칙 가운데 하나였다. 너
는 계급적으로는 프티 부르주아지만, 문화적으로는 부르주아여야
한다, 아니 귀족이어야 한다! 이것이 아버지의 가르침 가운데 하나
였다. 실제로 디디에의 가족은 가장 세련된 억양의 프랑스어를 썼
다. 심지어 상류층 사람들과 어울릴 땐 'NAP'라 불리는 귀족 프랑
스어 어휘와 통사를 의도적으로 썼다. 예컨대 '아주 부자다'라는 천
박한 말 대신에 '그럭저럭 먹고살 만하다'는 우아한 말을, '지독한
구두쇠다' 대신에 '검소하다'를, '그 부부 애들이 마약을 한대' 대신
에 '그 부부는 자식 복이 없어'를, '그 여자애는 정말 못생겼어' 대
신에 '그 여자애는 제 아빠를 닮았어'를, '갓난아이' 대신에 '하늘의
선물'을, '오쟁이졌다' 대신에 '불행하다'를. 디디에는 '유대인'이나
'무슬림'이라는 말을 결코 사용하지 않았다. 그런 말을 써야 할 때
는 꼭 '이스라엘인'이나 '이민자'라는 말을 썼다. 디디에는 또 전치
사 드(de)를 명확히 발음하는 법이 거의 없었고, 몇몇 이름들을 깜
찍한(경우에 따라서는 다소 경멸적인) 애칭으로 불렀다. '장바티스

트'는 '지베'로, '마리엘로이즈'는 '마리엘로'로, '피에르에두아르'는 '페외'로, '베네딕트'는 '베네'로, '피에르앙리'는 '페아슈'로. 그는 구어체의 사용을 되도록 피했고, 특히 조건법 문장을 즐겨 입밖에 냈다. 뒤피에 가에서는 오직 베로니크만이 디디에의 그런 세련되고 속물적인 프랑스어를 썼다. 삶의 대부분을 파리19구와 20구에서 살아온 엘렌과 피에르에게는 그 품격 있는 프랑스어보다는 차라리 주변의 각성된 노동자들이나 공산주의자들의 프랑스어가 더 익숙했다. 세상을 마니교적 이분법으로 나누는 프랑스어, 예컨대 '그놈들' 대신에 '카우보이'나 '전쟁선동자'나 '반동세력'을, '우리' 대신에 '인디언'이나 '평화수호자'나 '진보세력'을 선호하는 프랑스어 말이다. 엘렌과 피에르가 그런 프랑스어를 쓰는 일은 거의 없었지만, 그래도 디디에의 부르주아 프랑스어를 들을 때보다는 이질감을 덜 느꼈다. 그리고 세상을 둘로 나누는 것은 공산주의적 프랑스어만이 아니라 NAP 프랑스어도 마찬가지 아닌가 하는 생각이 들었다. 실수든 아니든, 디디에가 '가난한 사람들' 대신에 '그 사람들'이라는 말을 쓰고, '부유한 사람들' 대신에 '우리'라는 말을 쓰기도 했기 때문이다. 디디에가 그 말을 했을 때, 엘렌과 피에르는 이 자랑스러운 사위가 왠지 불편했다. 디디에도 곤혹스러웠다. 처갓집 식구들의 그 순박한 프랑스어가, 가끔씩 문법을 무시하고 문득 개그맨 알랭 페시외의 말투를 연상시키는 프랑스어가 디디에에게는 어쩔 수 없이 촌스럽게 들렸다. 귀에 거슬렸다. 실제의 계급 차이보다 언어의 계급 차이가 너무 커서, 디디에는 처가 사람들을 가족으로, 진짜 가족으로 느낄 수가 없었다.

올케는 복 받은 여자다. 오빠 같은 사람이랑 결혼했으니. 사람에 따라 그 결혼을 흉하게 생각할 수도 있겠지만, 확실한 것은 오빠가 올케를 정말 사랑한다는 것, 그리고 앞으로도 계속 사랑하리라는 것이다. 가끔 올케한테 질투가 난다. 오빠가 결혼을 한 뒤론, 내가 오빠랑 단둘이 만나는 경우가 크게 줄었다. 문득문득 외로움을 느낀다. 내가 연애를 할 나이가 됐나보다. 민주한텐 혹시 남자친구가 있을까?

민주는 어쩌면 내 가장 친한 친구라고도 할 수 있겠다. 고2 때까지는 집안일에 치여서, 그리고 고3 때 이후로는 누구에게도 뒤처지지 않게끔 공부하느라 내게는 친구를 사귈 여유가 없었다. 시간의 여유도 마음의 여유도 말이다. 내가 민주와 어느 정도 서로 속을 터놓을 수 있는 사이가 된 건 자취를 시작한 이후부터다. 그리 넓지 않은 방을 나눠 써야 했다는 게 민주가 내게 적대감을 갖게 된 이유 중 하나였을 것이다. 중학교 이학년 때인가 민주가 제 반 친구를 집에 데려온 적이 있다. 나는 베란다에서 이불빨래를 널다가 현관문이 열리는 기척에 거실로 나가봤다. 한껏 웃는 얼굴로 들어서던 민주는 나랑 눈이 마주치자 얼굴이 새빨개지더니 쌀쌀맞게 나를 외면했다. 민주 친구가 내게 고개를 살짝 숙이며 민주에게 물었다.

"누구?"

민주는 아무 대답도 하지 않은 채 친구 손을 잡아끌고 제 방으로 들어갔다. 민주와 나의 방 말이다. 부엌데기 같은 내 모습이 부끄러웠던 것이리라.

민희 언니와 민형 오빠와 민주를 처음 봤을 때 나는 눈이 부셨다. 더불어 나 자신이 초라하게 느껴졌다. 그들은 어린이 잡지나 텔레비전에서 보아왔던 귀티 나는 소년소녀들이었다. 자매는 백합 같았고 소년은 왕자님 같았다. 반면 나는 키가 작고 뚱뚱한 촌뜨기였다. 그즈음에 찍은 가족사진을 보면, 나는 백조 가족에 섞인 미운 오리새끼다. 그러나 세월은 모든 걸 변화시킨다. 요즘 거울을 들여다보면, 민주 못지않은, 아니 민주보다 훨씬 세련돼 보이는 여자가 나와 마주 보고 있다.

* 심화연구 졸업증. 프랑스 학제에서 석사학위와 박사학위 사이에 있는 학위.
** "Happy birthday!" "Thank you, my sister."

한민주(1983~)

영화는 쉽게 낡는다. 히치콕의 작품을 오늘날 다시 보면 하품이 난다. 심지어 찰리 채플린의 작품들도 세월을 이기지 못하는 것 같다. 그것은 적지 않은 작품들이 긴 세월을 이겨내는 문학과 선명히 대조된다. 영화가 테크놀로지와 맺고 있는 깊은 관계를 생각하면 놀라운 일은 아니다. 오늘날의 우리가 셰익스피어나 세르반테스를 읽으며 느끼는 감동, 감흥, 재미를 몇백 년 뒤의 인류는 21세기 영화에서 결코 느끼지 못할 것이다. 그런데 몇백 년 뒤에도 인류가 살아 있기는 할까? 멸종하지는 않는다 해도, 그때의 인류를 인류라고 부를 수 있을까? 초등학교 때만 해도 내 상상력 속에 스마트폰이라는 마법장치가 들어설 자리는 없었다. 부모님 세대나 그 윗세대는 그걸 훨씬 더 절감할 것이다. 과학소설이든 SF영화든, 미래를 그린 서사를 접할 때, 나는 그것을 그야말로 공상의 세계로, 결코 이뤄질 수 없는 세계로 생각해왔다. 그러나 현실은 작가들의 상상력보다 훨씬 더 빨리 움직이는 것 같다. 정말 머지않아 인류는 기계가 될지 모른다. 부분적 기계든 전면적 기계든. 그걸 사이보그라 부르든 로봇이라 부르든. 그런 변화를 진화라고 해야 하나, 대체라고 해야 하나. 엄밀한 의미에서 그건 진화는 아니다. 진화는 짧은 시간에 이뤄지지 않는다. 눈먼 시계공의 노동은 지질학적 기간의 누적된 자연선택을 요구한다. 그래도 은유적으로는 진화란 말을 쓸 수 있을 것 같기도 하다. 인간의 뇌와 의식이 그 기계의 어느 한군데에라도 남아 있다면. 그러나 인공지능이 의식을 얻어 더이상 인간의 뇌를 필요로 하지 않을 때, 그땐 진화라는 말을 쓰기는 어려울 것 같다. 은유 차원에서도 말이다. 아니 꼭 그런 것만도 아니다. 에스터 테라스지가 논쟁적 맥락에서 주장했듯, 지금의 인간도 이미 로봇과 다를 바가 없다. 다른 수많은 생명체처럼. 아주 오래전부터. 유전자를 실어나르는 로봇, 유전자에 조종당하는 로봇.

영미가 우리 집에 온 것이 초등학교 이학년 때다. 그때부터 그 아이는 엄마를 도와, 또는 엄마를 대신해 집안일을 했다. 내 방을(그러니까, 그애와 내가 함께 쓰던 방을) 치우고, 내 속옷을 빨아주고, 내 밤참을 챙겨주고. 나와 영미의 관계는 뭐였을까? 지금은 뭘까? 우리는 자매일까? 우리는 가족일까? 부모님은 왜 영미를 입양했을까? 영미는 엄마의 고향 대전에서 서울로 왔다. 우리 집으로 오기 얼마 전 친부모가 교통사고로 함께 돌아가셨다고 들었다. 영미의 친엄마는 엄마의 초등학교 친구라고 했다. 가장 친했던 친구. 돌아가신 이들의 일점혈육이었던 영미를 맡아 키우겠다고 나서는 친척이 아무도 없어서 엄마가 영미를 데려왔다고 한다. 그런데 입양까지 할 필요가 있었을까? 그건 영미에 대한 엄마의 배려였을까? 어릴 적 친구에 대한 우정이었을까? 딱히 그렇게 생각되진 않는다. 우리 집에서 보낸 영미의 십대를 생각하면 말이다. 입양이 되자마자 영미는 엄마를 엄마라 부르고 아빠를 아빠라 부르기 시작했다. 처음에는 개도 매우 어색했을 것이다. 만난 지 얼마 되지도 않은 어른들을 엄마 아빠라 부르는 것이 누구에겐들 어색하지 않겠는가? 그러나 영미는 이내 적응하는 듯했다. 영미가 우리 집에 와서 꽤 긴 날들이 지나도록, 나는 그애가 불편했다. 왜 그랬을까? 나와 나이가 같은데다 생일도 같은 9월이다. 영미 생일이 내 생일보다 여드레 이르다. 어쩌면 나이가 같아서 더 불편했던 걸까. 민희 언니나 민형 오빠는 그 아이와 잘 지냈던 것 같다. 영미에게 참 다정했던 것 같다. 나에게만큼이나. 어쩌면 나한테보다 더 다정했던 것 같기도 하다.

영미와 나는 초등학교와 중학교엘 같이 다녔다. 몇 번인가는 같은 반인 적도 있었다. 그 시절, 나는 아이들이 영미와 나의 관계를 알게 되는 것이 싫었다. 돌이켜보면, 그것은 영미 쪽에서 더 싫었을지도 모르겠다. 아니, 분명히 더 싫었을 것이다. 나는 반 아이들에게 나와 영미의 관계를 어떻게 설명할지 난감했다. 그것 역시 영미 쪽에서는 더 그랬을 것이다. 오래도록, 나는 영미와 함께 있는 것을 피하려고 애써왔다. 그러나 소용없는 일이었다. 학교에서고 집에서고 늘 마주칠 수밖에 없었으니 말이다. 그러다보면, 그 불편함이 화로 폭발해 영미와 싸울 때도 있었다. 아니 잦았다. 그 싸움은, 적어도 집에서는, 항상 나의 일방적 승리로 끝났다. 나는 엄마 아빠의 생물학적 딸이고 영미는 그저 법적 딸이었을 뿐이니, 그것은 당연했다. 영미와 나 사이에는 분명한 권력의 위계가 있었다. 내가 위고 개가 아래였다. 다시 말하지만, 적어도 집에서는 말이다.

그렇다고 해서 걔한테 신경이 안 쓰인 것은 아니다. 학교에서고 집에서고 걔는 꼭 내 그림자 같았고, 나는 그 그림자가 늘 거슬렸다. 게다가 내 생각에 개가 꼭 착한 애만은 아니었다. 나를 바라보는 눈빛이 곱지 않았다. 고등학교를 서로 다른 곳으로 진학한 뒤에야, 나는 반쯤 영미의 그림자에서, 아니 영미라는 그림자에서 벗어날 수 있었다. 반쯤이라고 말한 건, 집에서는 여전히 그 그림자가 따라다녔기 때문이다. 생각해보면 내가 좀 철딱서니 없기는 했다. 고등학생이 돼서도 내 방(거듭 엄밀히 말하면 영미와 내가 함께 썼던 방이지만)을 그애에게 치우게 하고, 내 빨래를 그애에게 맡겼으니. 심지어 속옷 빨래까지도 말이다. 영미가 집안일에서 손을 놓고 공부에 전념한 것은 고3 때 한 해뿐이다. 그것도 민형 오빠가 엄마에게 신경질을 부리지 않았으면 불가능한 일이었을 것이다. 왜 민형 오빠 대신 내가 나서지 못했을까? 왜 나는 영미를 일개 가사도우미쯤으로만 여겼을까? 왜 나를 공주로, 걔를 시녀로 생각했을까? 되돌아보면 낯이 화끈거린다. 그러나 다른 식구들도 그걸 자연스럽게 받아들였던 것 같다. 나 편한 대로 생각하는 건진 모르겠으나. 영미는 가족이었지만, 반만 가족이었다. 다른 가족 모두에게. 민형 오빠는 빼고 말이다. 아니, 민희 언니도 가끔 영미를 감싸며 엄마에게 대들긴 했으나, 결국은 엄마에게 지고 마는 것이 예사였다. 엄마는 영미에게 좋은 엄마가 아니었다. 그래서 더욱, 엄마가 그 아이를 입양한 것을 이해할 수 없다. 엄마는 나에겐 정말 좋은 엄마였다. 민형 오빠를 더 챙겼는지는 모르겠으나, 민희 언니보다는 확실히 나를 더 챙겼다. 그러나 그것이 어린 나를 이기적으로 만들었다면, 특히 영미에게 못되게 구는 걸 부추겼다면, 엄마는 나에게도 좋은 엄마가 아니었을지 모른다. 영미가 우리 집에 처음 왔을 때 짧게 나눴던 대화가 어렴풋이 생각난다.

"너 이름이 뭐니?"

"장영미. 너는?"

"한민주. 집이 어디야?"

"대전. 그런데 이제부터 여기서 살게 될 거야."

"대전? 시골에서 왔구나."

"대전 시골 아니야."

"대전이 무슨 시골 아니니?"

"대전 시골 아니라니까!"

얼마 뒤 장영미는 한영미가 되었다. 그리고 우리 집 주민등록등본에 오르게 되었다. 영미가 내 가족이라고 생각하게 되기까지는 많은 시간이 걸렸다. 아니, 어쩌면 지금도 나는 영미를 가족으로 생각하고 있지 않은지도 모른다. 심지어 올케가 영미보다는 더 우리 가족 같다. 자라면서 영미와 내가 자주 싸운 것은 영미를 가족으로 인정하지 못한 내 편협함 때문이었을 것이다. 공정하게 말해서, 그 싸움은 주로 내 잘못에서 시작된 것이었다. 적어도 집에서의 싸움은 말이다. 함께 다닌 중학교 때까지, 영미는 적어도 학교에서는 내게 밀리지 않았다. 집에서는 명백했던 권력의 위계가 학교에서는 잘 통하지 않았다. 그러나 일단 집으로 돌아오면 영미가 내 신경질을 받아줄 수밖에 없었다. 방을 왜 안 치워놓았느냐는 신경질, 내 만년필 네가 가져갔지라는 신경질, 내 컴퓨터에 혹시 손댔느냐는 신경질. 나와 영미에게는 각자의 데스크톱 컴퓨터가 있었지만 같은 질의 것은 아니었다. 내 컴퓨터가 너무 낡거나 또다른 이유로 새 컴퓨터를 사게 됐을 때, 영미는 내 컴퓨터를 물려받았다. 그때마다 나에게도 고충은 있었다. 그 아이에게 컴퓨터를 물려줄 때마다 하드를 깨끗이 지워내야 했으니. 십대에게는 비밀이 많은 법이다. 영미가 나와 똑같은 신형 데스크톱을 갖게 된 것은 고3 때 들어서였다. 그것도 민희 언니와 민형 오빠가 아빠에게 얘기해서 이뤄진 일이었다. 나와 싸우고 나면, 영미는 나와 함께 쓰던 방이 아니라 부엌에 딸린 창고방, 제 골방으로 들어가 흐느끼기 일쑤였다.

그때마다 엄마나 아빠가 나를 따끔하게 나무랐으면, 내가 영미에게 부당한 짜증을 내는 일은 줄어들거나 없어졌을 것이다. 그러나 엄마 아빠는 그러지 않았다. 아빠는 대개 둘 다를 나무랐고, 엄마는 영미만을 야단치기 일쑤였다.

"민주 성질 모르니? 니가 걜 좀 잘 돌봐줘! 니가 며칠이라도 먼저 난 언니잖니?"

심지어는 이런 말도 했다.

"니가 너무 예민한 거 아니니? 왜 자꾸 민주를 나쁜 애 만드니?"

나는 그때 왜 엄마에게 역겨운 마음이 들지 않았을까? 왜 고소하기만 했을까? 왜 영미에게 미안한 마음이 들지 않았을까? 철없던 시절의 일이라고 해도 되돌아보기 부끄럽다. 엄마는 영미에게 정말 엄마답지 못한 엄마였다. 전래동화 속의 사악한 계모 같은 엄마. 그런데도 엄마는 영미에게 자신이 늘 뭔가를 베풀고 있다고 생각했던 모양이다. 엄마는 어릴 적 친구들과 전화하면서 "걔가 은숙이(영미 친엄마의 이름이다) 앤데, 내가 입양해서 키우고 있어. 속을 썩일 때도 많지만 어쩌겠니, 은숙이 딸이면 내 딸인데. 아주 잘 크고 있어. 당연히 다른 애들보다 걔한테 더 신경을 쓰게 되지. 옷 하나 고를 때도 걔 위주로 생각하게 되고. 내가 잘 길러서 좋은 데로 시집보낼 거야" 어쩌구 말하곤 했다. 그건 엄마의 팔푼이 짓이었을까, 위선이었을까? 엄마는 악인이었을까, 바보였을까? 엄마가 영미 친엄마랑 과연 친하긴 했던 걸까? 엄마가 늘 내 역성을 들어준 탓에 내가 영미를 더 깔보게 됐는지도 모르겠다. 민희 언니와 민형 오빠는 달랐다. 둘이 싸우게 된 걸 알면 영미보다는 주로 나를 야단쳤다. 민형 오빠가 특히 그랬다. 고등학교 이학년 때 일이다. 방 청소 문제로 또 영미와 다툰 적이 있다. 그때 영미는 가출을 해서 사흘 동안 집에 들어오지 않았다. 민형 오빠는 거의 패닉상태가 되어 영미를 찾아다녔고, 결국 영미와 같은 반 아이 집에서 걔를 찾아 집에 데리고 돌아왔다. 그때도 엄마는 영미를 나무랐다. 왜 그렇게 속이 좁으냐고. 왜 그렇게 속을 썩이느냐고. 그러나 민형 오빠는 달랐다. 자초지종을 알게 된 민형 오빠는 나를 집 근처 공원으로 불러 호되게 야단쳤다.

"넌 도대체 어떻게 된 애가 그렇게 철딱서니가 없니?"

"그게 무슨 말이야? 집 나간 건 내가 아니라 영민데."

"너 정말 이따위로 나올래? 진짜 나한테 혼 좀 나볼 작정이야?"

"왜 오빤 항상 영미 편만 들어? 영미가 오빠 친동생이라두 돼?"

그 순간 오빠는 오른손을 들어 내 따귀를 후려쳤다.

"나쁜 기집애! 니가 내 동생이라는 게 창피하다."

그것은 내가 가족에게서 당해본 첫 폭행이자 유일한 폭행이었다.

나는 서럽게 울기 시작했다.

"앞으로 니 뭇 방 청소는 니가 하구, 니 빨래도 니가 해. 아니면 엄마한테 맡기든지."

나는 계속 울었다. 정말 민형 오빠가 영미와 나를 차별하는구나, 나보다 영미를 더 위하는구나, 생각했다. 지금 생각해보면 잘 모르겠다. 영미에 대한 오빠의 살가움이 어떤 연민 같은 것이었는지, 아니면 정말 나보다 영미를 더 예뻐했는지. 그리고 또 지금은 어떤지. 사실 지금도 오빠는 나보다는 영미와 더 자주 보는 것 같다. 영미가 청소와 빨래의 책임으로부터 벗어난 것은 그로부터 몇 달 뒤, 고등학교 삼학년에 진학하면서부터였다. 그때 공원에서 내가 계속 서럽게 울자, 오빠는 날 껴안았다.

"내가 너한테 손찌검을 하다니, 제정신이 아니었나보다. 미안해, 민주야. 그렇지만 니가 지금까지 영미를 어떻게 대해왔는지 생각해봐. 너도 이제 곧 어른 아니니? 영미는 우리 가족 중에 가장 힘없는 애야. 그리구 내 동생 민주는 힘없는 사람을 괴롭힐 만큼 나쁜 애가 아니구."

오빠의 포옹은 내 서러움을 크게 녹여주지 못했다. 핏줄이 통하는 오빠가 피 한 톨 섞이지 않은 영미를 감싸는 것이 못마땅했을 뿐이다. 나는 안다, 지금은. 민형 오빠의 행동이, 민희 언니의 태도가 옳았음을. 그리고 엄마와 아빠의 태도가, 특히 엄마의 태도가 글렀음을. 그래도 나는 엄마 아빠를 싫어할 수가 없다. 그분들이 날 사랑해주어서만은 아니다. 그분들이 내 엄마 아빠이기 때문이다. 그러나 오빠는 달랐다. 오빠는 엄마 아빠를, 특히 엄마를 싫어한다. 어려서부터 그랬다. 오빠가 엄마를 싫어한다는 것은 누가 보아도 한눈에 알 수 있을 만큼 또렷하다. 그 이유가 정확히 무엇 때문이라고 꼬집어 말할 수는 없다. 엄마에 대한 오빠의 미움은 자라면서 점점 더 커진 것 같다. 그리고 그 이유 가운데 큰 것은 영미를 대하는 엄마의 태도가 아니었나 나는 짐작한다. 십대 때부터 오빠가 엄마 아빠에게 대든 적은 수도 없이 많았다. 특히 대학 진학을 앞두고 엄마 아빠가 법대를 가라고 강요했을 때 그랬다. 그러나 그때의 오빠 태도도 엄마가 영미를 부당하게 구박했을 때에 비하면 약과였다. 오빠는, 아마 민희 언니와 함께, 영미를 진짜 가족으로 받아들였던 것 같다. 핏줄로 맺어진 가족으로 말이다. 영미에게 내가 부린 심술은, 부분적으로, 어떤 시기심 때문이었는지도 모르겠다. 그 아이가 나보다 더 명민하다는 것을 나는 알고 있었다. 고3이 되기 전에, 영미는 집에서 공부할 시간이 거의 없었다. 학교에서 돌아오면 집안일을 해야 했다. 그런데도 성적이 나보다 크게 나쁘지는 않았다. 고3이 되어 영미가 공부에만 몰두하게 되자, 걔의 학업 성취는 확연히 도드라졌다. 결국 영미는 자기가 가고 싶어했던 학교, 오빠가 다니던 학교에 진학하게 되었다. 그것은 거의 기적적인 일이었다. 대학에 들어간 뒤, 영미와 나의 관계는 한결 부드러워졌다. 내가 영미를 진짜 가족으로 받아들이려고 애쓰기 시작한 것이 아마 그 무렵이었을 것이다. 그때부터는 우리가 정말 친해질 수 있었을지도 모른다. 친자매처럼 말이다. 그러나 영미는 한 해쯤 뒤 제 학교 근처에 방 하나를 얻어 독립했다. 자연히, 얼굴을 마주칠 일이 많지 않게 되었다. 그것이 나와 영미에게 잘된 일이었는지 그렇지 않았는지는 모르겠다. 여하튼 그뒤로 이따금 영미를 만나면 어린 시절 같은 긴장이나 불편을 느끼진 않았다. 한번은 이런 대화도 했다.

"영미야, 미안해. 우리가 함께 자라면서 내가 참 철없이 굴었지? 아니, 못되게 굴었지?"

"응, 그랬지. 그런데 다 용서했어. 니가 나보다 정신적으로 어렸으니까. 그래두 잊어버리진 않을 거야."

당연했다. 내가 개한테 한 짓은 정말 부끄러운 짓이었고, 영미는 착하기만 한 애는 아니었으니까. 바보는 아니었으니까.

"웬만하면 잊어버려줘. 옛날 생각하면 정말 나 많이 부끄러워."

"좀 생각해보고. 근데 용서하는 건 의지로 할 수 있는 일이지만, 잊는다는 건 의지로 할 수 있는 일이 아니잖아."

"잊겠다는 의지조차 갖지 말라구. 그럼 잊힐 거야."

"이렇게 후회할 걸 왜 그리 못되게 굴었니?"

나는 그 말에 비위가 좀 상했지만, 영미와의 관계를 완전한 가족으로 회복시키고 싶었다. 회복시킨다고? 아니 영미와 완전한 가족이 되고 싶었다.

"니 말대로 내가 너보다 정신적으로 어렸으니까. 학교에서 오빠는 더러 보니?"

"자주 봐. 주로 도서관이나 학생식당에서지 뭐. 긴 얘기는 잘 안 하구."

문득 질투심이 생겼지만, 나는 밝은 표정으로 물었다.

"왜 긴 얘기를 안 해? 넌 오빠랑 그렇게 친한데?"

"뭐, 긴 얘기 할 게 뭐가 있어, 오누이끼리. 그냥 표정만 봐도 통하는데."

이 계집아이가 내 속을 뒤집어놓을 모양이었다. 그러더니 이렇게 덧붙였다.

"근데 그게 무슨 말이야? 넌 오빠랑 안 친해?"

"친하지. 하긴 나두 오빠랑 긴 얘기는 잘 안 하는 것 같네. 같은 집에 살면서두 말이야."

실제로 오빠는 집에서도 나와 긴 이야기는 하지 않았다. 워낙 술에 절어 사는 사람이라 맨정신일 때 보는 일도 흔치 않았다.

"식구끼리는 다 그런 거지. 심각한 얘깃거리가 없잖아. 사실 오빠랑 가끔씩은 조금 긴 얘길 해. 오빠가 술을 사주거든. 그런데 좀 걱정돼. 아직 젊긴 하지만 술을 너무 탐하는 것 같어. 학교 수업에두 잘 안 들어가는 것 같구."

"나랑은 술 마시자는 소리도 안 하는데, 넌 참 좋겠다."

실제로 그랬다. 이따금, 오빠가 나와 영미를 함께 불러 술을 사주는 일은 있었지만, 오빠가 나만 따로 불러 술을 사주는 일은 없었다. 나는 오빠가 수업에 잘 안 들어간다는 사실보다도, 술을 너무 많이 마신다는 사실보다도, 가끔 영미랑 단둘이 술을 마신다는 사실이 더 마음에 걸렸다.

"무슨 소리야? 지난주에도 우리 셋이 술 마셨잖아."

"암튼, 오빠는 나보다 널 더 예뻐하나봐. 우리 어렸을 때부터 그랬던 것 같아."

"그럴 리가 있겠니? 나는, 말하자면, 그냥 법적으로만 오빠 동생일 뿐인데."

"외려 그래서 오빠가 더 널 예뻐할 수도 있지. 좀 엉뚱한 사람이잖아, 오빠가."

"엉뚱하긴. 술만 좀 멀리한다면 모범적인 시민이지. 얘, 쓸데없는 소리 그만해. 예전에 니가 나한테 부린 심술 다 잊어줄게."

"그럼 정말 좋구."

오빠한테 생일 축하 문자를 보냈다. 오빠는 결혼해서 독립한 뒤론 본가엘 거의 들르지 않는다. 자그마한 케이크라도 사들고 오빠 집엘 들를까 했으나, 괜스레 오붓한 분위기를 망칠지도 모른다는 생각이 들어 마음을 접었다. 혹시 그 자리에 영미라도 있으면 속이 좀 상할 것 같기도 했다. 대신 이대리랑 저녁 약속을 잡았다. 왠지 이제 우리는 오빠의 가족이 아닌 것 같다는 생각이 든다. 우리란, 엄마 아빠랑 나 말이다. 오빠의 가족은 올케와 지현이, 그리고 사장(査丈)어른 이렇게 셋뿐일 거라는 생각. 문득, 영미는 오빠의 가족일지도 모른다는 생각이 그 위에 포개졌다. 오빠는 어려서부터 영미를 그렇게 싸고 돌았으니. 자격지심인지는 모르겠으나, 올케나 사장어른도 나보다 영미를 더 가까이 대하는 것 같다. 나는 영미에게 오빠를 빼앗겼고, 민희 언니를 빼앗겼고, 올케를 빼앗겼다. 내가 자랑스러워했던 그 오빠를. 세상의 유일한 여자 동기(同氣)였던 언니를. 내가 그렇게 정을 주고 있는 올케를. 이대리랑은 신촌의 '미뇽'에서 저녁을 먹었다. 이대리는 오빠와 다른 방식으로 매력 있는 남자다.

"오늘 편집장님 생일 아니에요?"

"맞아요, 그래서 아까 축하 문자 하나 넣었어요."

"가족끼리 모이질 않나요?"

"다 짐작하셨을 텐데 능청스럽긴. 오빠가 엄마 아빠를 싫어하잖아요. 자기들 가족끼리 모이긴 할 거예요. 올케랑 사장어른이랑 지현이. 혹시 영미도 거기 끼였으려나?"

영미를 거론하는 내 말투에 좀 가시가 돋아 있었나보다.

"설마 민주씨가 없는데 영미가 끼였을라구요."

"잘 모르시는 모양인데, 오빠는 어려서부터 나보다 영미를 더 아꼈어요. 영미두 오빠를 아주 따랐구요. 오빠가 올케랑 결혼했을 때 제일 섭섭해했을 사람이 영미일걸요."

"설마."

"정말 잘 모르시네. 난 오빠한테 찬밥 취급당하면서 자랐어요."

그것은 물론 거짓말이었다. 고2 때 동네 공원에서 오빠에게 따귀를 맞은 기억을 빼놓으면, 오빠가 성장기의 나에게 심어놓은 기억은 다 따뜻하다. 그래도 민형 오빠가 나보다 영미에게 더 살가웠던 건 사실이니.

"이번에야말로 정말 설마!"

"내가 찬밥 취급당하면서 자랐다는 건 좀 과장이지만, 민형 오빠가 영미를 무척 챙겼던 건 사실이에요. 뭐, 따지고 보면 영미가 나보다 여러 점에서 나은 애잖아요. 더 이쁘구, 더 똑똑하구. 사실 십대 땐 내가 걔보다 더 예뻤던 것 같아요. 아, 이 푼수 같은 소리. 암튼 영미는 얼굴도 뚱뚱하구 촌스러웠는데, 대학 들어가고 나서는 갑자기 확 이뻐지는 거예요. 내가 질투를 느낄 정도루. 성격은 내가 더 좋으려나? 아니, 그것도 자신이 없네요. 자신이 없는 게 아니라, 사실 성격도 더 나쁘네요. 어려서 내가 영미한테 많이 못되게 굴었어요. 콩쥐팥쥐나 신데렐라 얘기 생각하면 돼요. 그게 딱 나랑 영미 관계였어요."

"그걸 아는 사람이면 못된 사람은 아니네요. 내가 보기에두 민주씨 나쁜 사람 아니에요. 아니 좋은 사람이에요."

"나에 대해서 뭘 안다구, 풋. 하지만 듣기는 좋으네요."

"영미는 계속 문화부에 있는 거죠?"

"네, 걔 능력이라면 나중에 장관두 할 거예요. 하긴 장관이라는 게 정치적 자리여서 내부승진으로 장관까지 되긴 어렵겠지만. 암튼 걘 행정고시 출신 아네요? 더구나 근무 햇수도 얼마 안 됐는데 벌써 학위 연수도 다녀왔구. 프랑스는 석사과정이 일 년이라네요. 그다음 과정인 D.E.A.라는 것까지 마치고 돌아왔어요. 걔 성질에 박사까지 할거예요."

정말 내가 영미를 질투하나보다.

"하이구, 영미 얘긴 그만합시다. 민주씨는 직장생활 하기 어때요?"

"괜찮아요. 생각해보니 영미가 아니라 내가 문화부 장관을 할 수도 있겠구나. 기자 출신 장관 많잖아요. 더구나 난 계속 영화잡지에 있을 생각이구."

그 말을 하는 순간 나는 정말 그렇게 될 수도 있겠다 싶었다. 영화 감독 출신 문화부 장관, 영화기자 출신 영화진흥원 원장, 배우 출신 문화부 장관도 이미 나오지 않았는가. 사실 아빠는 민형 오빠가 고위 공직자가 되길 바랐다. 그러나 오빠는 그 길을 일찌감치 포기했다. 오빠는 아마 책 편집자로 살아갈 것이다. 그리고 영미나 나는, 정말 하늘이 도우면, 고위 공직자가 될지도 모르지. 맡겨만 주면 나도 잘해낼 수 있을 것 같다. 하급 공무원이라면 몰라도 장차관이라면. 그런데 내가 지금 무슨 생각을 하는 거람?

"그렇겠네요."

이대리가 내 말을 받아주었다. 그러고는 이어서 말했다.

"그때 되면 나 모른 척하는 거 아니죠? 난 아마 책 편집자로 늙어갈 텐데."

"에이, 정석씨 대학원 다니는 거 모르는 줄 알아요? 교수 꿈이 있는 거잖아요. 언제가 될지 모르지만, 아빠 회사 그만둘 거면서. 아빠야 그때쯤이면 뒷전에 물러서 계시거나 아예 손을 떼실 거니 별걱정 아니지만, 정석씨가 빠지면 민형 오빠가 많이 힘들어할 거예요. 사실 지금도 정석씨가 실질적 편집장 노릇 하고 있잖아요. 오빠가 술에 빠져 사는 거 알아요. 툭하면 결근하구."

"아, 두 가지 오해가 있네요. 대학원 다니는 건 사실이지만, 교수가 되겠다는 생각은 없어요. 내가 원한다고 해서 되지도 않겠지만, 사실 원하지도 않아요. 내가 바라는 건 좋은 저자가 한번 돼보는 거예요. 좋은 편집자를 겸하면서. 대학 바깥에도 괜찮은 연구자가 있다는 걸 보여주고 싶어요. 독립 연구자. 대학제도 바깥에 있으면서도 그 제도권 사람들보다 더 영향력 있는 연구자가 되고 싶어요. 망상이긴 하지만, 사르트르가 그랬잖아요. 앙드레 고르도 그랬고."

"사르트르나 고르는 박사학위도 아예 안 했잖아요. 그 대신 무기가 있었죠. 사르트르에게는 『현대』라는 강력한 매체가 있었고, 앙드레 고르한테도 『누벨 옵세르바퇴르』가 있었구요. 정석씨한테는……"

"그런가? 그렇지만 한국에선 학위 없이 학자 대우받긴 거의 불가능하죠. 매체라면, 나도 하나 만들 수 있죠. 우리 출판사에서. 어쨌든 우리 출판사가 망하거나 여기서 쫓겨나기 전엔 다른 데로 안 갈 거예요.

들어올 때부터 그런 생각이었구. 모르죠. 박사논문 쓸 때 얼마간 지방이나 외국에 머물지도 모르죠. 아무래두 인류학은 필드워크를 하긴 해야 하니까요. 뭐, 사장님이나 민형 형이 양해해주시겠죠. 그때 쫓아내면 할 수 없구요."

"그럴 리가 있겠어요? 출판사의 기둥인데. 안식년이라도 줄걸요."

"사실 꼭 지방이나 외국에 머물지 않아도 될지 몰라요. 지금 박사논문으로 막연히 생각하고 있는 것 중에 필드워크가 필요 없는 것도 있거든요."

"그게 뭔데요?"

"그냥 생각하고 있는 여러 주제 가운데 하나일 뿐이에요. 좀 망설여지는 게, 순수한 이론 분야라서 딱히 인류학 논문이랄 수가 없을 거예요. 그러면 지도교수가 반대할 수도 있고."

"그러니까 그게 뭐냐구요! 내가 그렇게 무식해 보여요? 정석씨 말 못 알아들을 만큼?"

"무슨 그런 말씀을. 지금 생각하고 있는 논문 제목은 이래요. '구조주의적 상상력—소쉬르에서 라캉까지'. 제목은 그럴듯하죠?"

"정말 그러네요. 그런데 소쉬르는 언어학자고 라캉은 정신분석학자 아네요? 그게 인류학이랑 어떻게 관련이 있죠?"

"실제로 쓰게 된다면 레비스트로스를 중심으로 쓰게 될 거예요. 구조주의라는 게 원래 언어학에서 나왔잖아요. 레비스트로스가 구조라는 개념을 배운 것도 언어학자 로만 야콥슨한테서구. 그러니까 구조주의가 언어학에서 다른 분야로 퍼져나가는 과정을 살피면서, 인류학쪽에 비중을 두는 거죠. 만약에 그렇게 되면 일종의 지성사나 지식사회학 논문이 되는 건데, 지도교수가 그걸 흔쾌히 받아줄지 모르겠어요."

"그럼 읽어야 할 책이 엄청 많아지는 거 아녜요?"

"그렇죠. 필드워크를 할 필요가 없는 대신에 책은 많이 읽어야 할 거예요. 국내에 번역되지 않은 책이 많아서 읽느라 고생 좀 할 것 같아요. 불어 자료들이 제일 많겠지만, 영어 자료, 독일어 자료, 어쩌면 이탈리아어 자료도 읽어야 할지 몰라요."

"독일어, 이탈리아어까지 할 줄 아세요?"

"독일어는 조금 배웠구, 이탈리아어는 전혀 몰라요. 만약에 논문 방향을 그쪽으로 잡으면 배워야겠죠."

"하긴, 정석씨는 말 배우는 데 소질이 있으니까."

"전혀 안 그래요. 불어책, 영어책 읽는 것두 힘들어요. 불어는 말하자면 고등학교 때부터 내 전공이었잖아요. 그런데도 영어책 읽는 것보다 더 힘들어요."

이대리는 대원외국어고등학교 출신이다. 예전의 경기고를 이어 새로운 학벌 마피아로 등장하고 있다는.

"겸손하시긴."

"겸손이 아니에요. 어떤 단어들은 수십 번 확인을 해도 계속 헷갈려요. 이를테면 영어의 '센트리페틀(centripetal)'과 '센트리퓨걸(centrifugal)'만 해도 그래요. 한쪽이 원심력이구 다른 쪽이 구심력인 건 아는데, 지금도 제대루 짝을 못 짓겠어요. 사전을 그렇게 많이 찾아봤는데두요."

"별 어려운 단어까지 다 아시네. 나는 그런 단어들 처음 들어봐요."

"그런 단어들이 아니더라도 마찬가지예요. 예컨대 '캐넌(cannon/ canon)'. n이 하나냐 둘이냐에 따라 뜻이 달라지잖아요. 한쪽은 '대 포'구 다른 쪽은 '정전(正典)'이나 '규범'이라는 뜻이구. 그런데 그게 구별이 안 돼요. 지금도 그 말을 쓰려면 사전을 찾아봐야 해요."

"아, 그 정도는 내가 알아요. '대포'가 n이 두 개구, '규범'이 n이 하나예요."

"나보다 훨씬 나으시네. 나는 죽을 때까지도 헷갈릴 것 같아요. 불어로는 '카농(canon)'인데, 둘 다 n이 하나거든요."

"겸손한 건지 잘난 체하는 건지 모르겠네. 그럼 또다른 오해라는 건 뭐예요?"

나는 '두 가지 오해'라는 말이 생각나 화제를 바꾸었다.

"실질적 편집장 노릇이라는 거요. 실질적 편집장 노릇은 무슨! 모든 결정을 민형 형이 해요. 사실 요즘은 사장님도 별로 간섭 안 하세요. 영업 쪽에만 신경쓰시지, 편집 기획은 다 민형 형이 해요. 글쎄, 술은 좀 줄였으면 좋겠는데. 어떻게 대학 다닐 때보다 훨씬 더 마시는 것 같아요."

"정말 그렇죠? 그놈의 술. 암튼 정석씨가 아빠 회사에서 나갈 생각 없으시다니 그건 정말 반가운 소리네요. 아빠나 오빠가 걱정할 필요는 없겠군요. 그런데 정석씨라면 출판 일을 하더라도 더 큰 출판사에서 할 수 있을 거 아녜요? 요즘도 여기저기서 모셔가려 한다는 소문 다 들었어요."

"여기저기선 무슨. 솔직하게 말씀드리면, W출판사에서 제의가 오긴 왔었어요. 지금 연봉의 두 배를 주겠다구. 아, C출판사에서두 간

접적으로 내 의향을 물어본 적이 있군요. 그러면 여기저기란 말이 맞나? 그렇지만 내가 있어야 할 곳은 이 출판사예요. 이 출판사가 내 출판사니까요. 내가 키워갈 거예요. 민형 형이랑 함께. W출판사처럼 무슨 출판그룹으로까지야 못 키우겠지만, 제정신 가진 글쟁이라면 누구나 우리 출판사에서 책을 내는 게 소원이 되는, 그런 출판사로요. 그러니까 C출판사보다두 훨씬 권위 있는 출판사루요. 일본의 이와나미나 프랑스의 갈리마르 같은. 출판영역도 넓혀나갈 거예요. 지금 자연과학 쪽으로도 시리즈를 하나 기획하고 있어요. 그리구 이젠 에이전시들의 장난에 놀아나는 것두 지쳤어요. 언제부터가 될진 모르지만, 앞으로 번역서 판권을 에이전시 거치지 않구 직접 저쪽 출판사들에서 사올 생각이에요. 민형 형이 여러 외국어에 능하고, 나두 그럭저럭 하는 외국어들이 있으니, 충분히 가능해요. 아랍 쪽 문학서적들도 내려고 하는데, 그래서 지금 아랍어 전공한 사람을 찾고 있어요. 아예 편집부에 들이려구요. 다 민형 형이 챙기고 있는 일이에요. 형 자신도 아랍어를 배우기 시작한 것 같구. 형이 저렇게 한량처럼 살아도 그런 생각은 속에 다 품고 있어요. 나는 충실한 보좌관이구요."

"보좌관? 그렇게 안 보이는데요. 사령관 같은데요."

"민형 형이랑 나랑 같이 하는 출판사라는 뜻이에요. 물론 지휘권은 사장님한테 있지만. 다시 말하지만 난 이 출판사 귀신이 될 겁니다."

"그럼 우리두 가족이군요."

"그걸 몰랐어요?"

'가족'이라는 말을 꺼내며 묘한 느낌이 들었다. 사실 나는 이 남자에게 관심이 있다. 남자로서, 어쩌면 애인으로서, 어쩌면 미래의 남편으로서 말이다. 비록 우리가 애인으로서 만나고 있는 건 아니지만. 이 남자는 한 가족의 기둥이 될 만하다. 민형 오빠와는 다른 사람이다. 책임감이 강하고 야심도 있다. 비록 그 야심이 고작 출판이나 책과 관련된 야심일지라도. 이 남자는 나를 어떻게 생각할까? 이 남자에게 나는 뭔가? 학교 선배의 누이동생일 뿐인가? 직장 보스의 딸일 뿐인가? 아니면 조금이라도 날 여자로 보는 걸까? 오늘 저녁을 함께 먹자고 제안한 건 나였다. 그러고 보니 이 남자가 나한테 먼저 저녁을 먹자고 한 적은 거의 없었던 것 같다. 이렇게 둘만 따로 밥을 먹은 게 벌써 열 번 가까이 되는데도 말이다. 그 밥자리는 흔히 술자리를 겸하거나 술자리로 이어졌다. 이 남자에게 여자가 없는 것은 확실하다. 여자가 있다면, 주말에 나랑 이렇게 시간을 보낼 리는 없다. 그런데 이 남자는 한 번도 내게 어떤 '자극적'이거나 '적극적' 태도를 보여주지 않았다. 나는 이 남자에게 그저 비슷한 연배의 술친구일 뿐인가?

이정석(1982~)

민주가 사파이어라면 영미는 루비다. 영미는 불그스름하고 민주는 푸르스름하다. 내 마음은 둘 사이에서 갈라진다. 허둥댄다. 갈팡질팡 한다. 허청거린다. 비틀거린다. 기우뚱거린다. 그러나 두 사람에 대한 내 감정이 명확히 뭔지는 모르겠다. 사랑, 이라고 말하고 나니 낯이 간지럽군, 연애감정이라고 바꾸자, 연애감정이라고 부르기에는 좀 옅은, 모자란 감정이다. 그저 막연한 호감? 그러나 그 막연한 호감은 짙은 호감, 넘치는 호감이다. 말하자면 언제라도 사랑으로, 연애감정으로 변할 수 있는 호감이다.

민주도 영미도 귀한 사람들이지만, 사실 내게는 마음 깊은 곳에 곱게 간직한 환상의 여자가 있다. 졸업반이었던 해, 5월이었다. 중간 고사 기간이었던 것 같다. 아마 시험이 끝나던 날, 학교 정문 쪽으로 걸어가다가 나는 획 뒤를 돌아보았다. 막 스쳐지나간 여자가 강한 자력(磁力)으로 나를 잡아챈 것이다. 종아리를 반쯤 덮는 청색 플레

어스커트에 흰 블라우스를 입은 그 여자는 백합처럼 하얀 얼굴에 눈빛이 그윽이 깊었다. 그녀는 어깨 아래로 내려오는 머리칼을 나풀거리며 춤을 추듯 걸어갔다. 나는 다섯 걸음쯤 앞으로 내딛다가 돌아서 그녀의 뒤를 쫓았다. 여자의 뒤를 쫓은 건 그전에도 후에도 내게 없던 일이다. 내가 왜 이러지? 나는 괜히 쑥스러워하며 왠지 좀 떳떳하지 못한 기분으로 그녀를 따라갔다. 한 발짝, 한 발짝, 그녀의 뒷모습을 보며 따라 걷는 것을 멈출 수 없었다. 가슴이 두방망이질쳤다. 이윽고 그녀는 한 건물 옆의 잔디밭에 들어섰다. 건물 벽 안쪽에서 새어나오는 첼로 소리와 무슨 오페라의 소프라노 아리아를 들으면서, 그제야 나는 그곳이 음악대학 건물임을 새삼 깨달았다. 잔디밭과 도로의 경계에서 내가 머뭇거릴 때, 그녀는 아름드리나무에 기대앉아 책을 읽고 있는 한 남자에게 다가갔다. 그녀는 허리를 굽히더니 남자의 머리칼을 헝클어뜨렸다. 그들은 가볍게 얼싸안았다. 가슴이 아려왔다. 그녀가 그 남자의 옆에 앉으며 남자가 읽던 책을 들어 겉장을 보고는 돌려주었다. 어, 민형 형이잖아! 내가 왜 진작 못 알아봤지? 그러고 보니 그 자리는 민형 형이 학교에서 가장 자주 가 있는 곳이었다. 그전에도 두어 번 민형 형을 그 자리에서 만난 적이 있었다. 형은 음악관에서 흘러나오는 소리들이 좋다고 했다.

아, 저 사람은 민형 형이 사귀는 사람이구나. 그제야 수수께끼 하나를 푼 듯했다. 많은 여학생이 선망하는 그 아도니스—나는 입학하자마자 한 여자 선배한테서 민형 형의 이 별명을 들었다. 아직 그의 얼굴도 보지 못한 때였다. 그 여자 선배의 말투에는 약간의 비꼼이 배어 있는 듯했다—는 그러나 그 어느 여학생에게도 특별한 관심을 보이지 않았다. 그래서 민형 형이 동성애자라는 소문이나, 평생 결혼하지 못할 사람이라는 괜한 험담도 나돌았다. 나는 쓰라린 마음으로 발길을 돌렸다. 그런데 나중에 알고 보니, 내 환상의 여인은 민희 누나였다. 민형 형의 친누나인.

그 두어 달 뒤 민형 형 아버지의 출판사 창립 기념일 모임에서 내가 민희 누나를 두번째로, 민희 누나 쪽에서는 나를 처음으로 봤을 때는 누나의 모습이 확 달라져 있어 놀랐다. 찢어진 청바지를 입은 민희 누나는 스모키 화장을 짙게 하고 클레오파트라 머리라고 해야 하나, 앞머리를 반듯하게 자른 귀밑 길이의 단발머리를 파란색으로 염색한 상태였다. 조각처럼 단정한 얼굴에 가해진 과격한 변화 때문에 민희 누나는 몹시 퇴폐적으로 보였다. 내 환상의 여인이 민형 형의 연인이 아니라 누이인 걸 알고 나는 들떴다. 마음이 부풀어올랐다. 나보다 다섯 살이나 나이가 많은 것이 조금은 실망스럽고 놀라웠지만. 파티가 끝난 뒤 민희 누나와 민형 형과 나, 그리고 그즈음 한창 주가를 날리던 젊은 사회학자(우리 학교 강사이기도 했다)와 그의 친구 서넛이 따로 술자리를 가졌다. 사회학자 일행이 모두 민희 누나에게 호감을 보였지만, 나이가 어려 만만해서인지 민희 누나는 나를 가장 친밀히 대했다. 민희 누나가 내 어깨에 머리를 기대고 담배를 피울 때 나는 한껏 기분이 들떴다. 사회학자 친구 중 하나인 독일인—퍼스트 네임이 게르하르트였다. 성은 기억나지 않는다—은 키가 이 미터는 될 듯싶은 장신의 금발 미남이었는데, 민희 누나와 칼 세이건의 『창백한 푸른 점』에 대해 길게 얘기를 나눴다. 그들의 대화에 나도 영어로 끼어들면서 으쓱했던 기억이 난다. 3차로 노래방에 가는 길에 술 취한 민희 누나는 내 팔짱을 끼었다. 다른 한 팔은 민형 형에게 맡기고. 노래방에서 함께 〈에레스 투〉를 부르던 민희 누나와 민형 형의 목소리가 지금도 귀에 쟁쟁하다.

다섯 살이라는 나이 차가 그때는 내게 꽤 대단한 거리였던 것 같다. 민희 누나한테 감히 연심을 내보이지 못할 정도로. 그해 초겨울이었던가, 대학로에서 우연히 한쪽 다리를 몹시 절며 걸어오는 민희 누나를 만났다.

"누나! 왜 그래? 다리 다쳤어?"

내가 깜짝 놀라 묻자 민희 누나는 아무렇지도 않은 얼굴로 생글생글 웃으며 대답했다.

"아냐, 다치지 않았어. 한쪽 다리를 못 쓴다는 건 어떤 걸까 알고 싶어서 부러 절고 다녀보는 거야."

"에?"

나는 어이가 없어서 하하 웃었다. 누나는 근처 성당에 볼일이 있다고 했다. 나와 헤어져 누나는 다리를 절룩거리며 멀어져갔다. 다시 검은색이 된 머리카락을 찰랑거리면서. 누나 말이 정말일까, 정말 다리가 괜찮은 걸까, 걱정하며 나는 그 뒷모습을 한참 바라보았다. 그리운 민희 누나…… 민희 누나의 아름다움에는 어떤 아우라가 있었다. 광활한 우주에 견주면 먼지만도 못한 인류가 그래도 무화(無化)되지 않게 하는 아우라가. 내 환상의 여자……

내 선입견일 수도 있겠지만, 영미에게는 마음의 응어리 같은 게 있다. 그늘 같은 게 있다. 그 응어리가, 그 그늘이 그녀를 나이보다 더 성숙해 보이게 하는지 모르겠다. 반면에 민주는 밝다. 한씨네 식구들 가운데 가장 밝은 사람이 민주 같다. 어쩌면 서현주씨가 더 그럴까? 아무튼 둘은 성격이 닮았고, 사이좋은 시누이-올케다. 민주는 제 올케가 자기보다 영미랑 더 친할 거라고 지레짐작하며 서운해하는데, 내가 보기엔 전혀 그렇지 않다. 서현주씨는 민주를 친동생 대하듯 아낀다. 정말 허물없는 시누이-올케 사이다. 민주는 왜 그런 엉뚱한 생각을 하는 것일까? 그렇다고 영미와 서현주씨 사이가 데면데면한 것 같지도 않다. 아니 민주한테만큼은 아니어도 영미한테도 서현주씨는 정답게 대한다. 영미 역시 서현주씨를 친언니 대하듯 하고. 서현주씨는 한씨네 사람들 모두와 가까운 것 같다. 그러나 영미와 서현주씨의 관계엔 뭔가 인위적인 느낌이 있다. 이것도 영미에 대한 내 편견 탓일지 모른다. 서현주씨가 한씨네 사람들 모두와 사이좋은 것 자체가 어쩌면 총체적 인위일지도 모른다. 아무튼 영미와 서현주씨가 서로 살갑게 얘기할 때, 그 살가움은 때로 지나쳐 오히려 부자연스러워 보일 정도이다. 마치 어떤 의무감에서 서로를 좋아하는 것 같다. 두 사람이 서로 덤덤하게 대해서는 절대로 안 된다는 듯이. 영미가 민형 형을 너무 좋아해서 그런 것일까? 민주 말대로 어려서부터 민형 형은 민주보다 영미를 더 아꼈던 것일까?

만약에 그랬다 해도, 그것은 민형 형의 성격을 생각하면 충분히 이해할 만한 일이다. 그것이 내가 형을 좋아하는 이유 가운데 하나이기도 하다. 그를 학교 선배 이상으로 대하는 이유, 직장 선배 이상으로 대하는 이유 말이다. 민형 형에게는 세상에 대한 연민이 있다. 꼭 사람들에 대해서만이 아니라, 꼭 어려운 사람들에 대해서만이 아니라, 세상의 모든 숨탄것들에 대해서 말이다. 그는 고양이에게도, 염소에게도, 비둘기에게도 연민을 느끼는 것 같다. 물어보진 않았으나, 그는 아마 어려서도 벌레 한 마리 죽이지 못했을 것이다. 세상과 숨탄것들에 대한 그의 연민을 돋보이게 만드는 것은 그에게 자기 연민이 거의 없는 듯하다는 점이다. 때때로 그는 자신을 학대하는 것 같다. 그의 연민은 오로지 그의 몸 바깥으로만 향한다. 그 연민이 늘 연대로까지 이어지는 것 같지는 않다. 마음의 연대는 몰라도 몸의 연대로까지 이어지는 것 같지는 않다. 그의 순수이성이나 판단력은 그의 실천이성으로 이어지지 않는다. 아니, 그의 실천이성은 그의 실천으로 이어지지 않는다. 적어도 격렬한 실천으로까지는 말이다. 그는 늘 자신을 우익이라 말한다. 그건 무슨 겸손에서 하는 말이 아니라, 그는 실제로 자신을 우익이라 여기는 것 같다.

그러나 그가 자신을 우익이라 말할 때, 그것은 그가 오래된 의미에서 가족과 국가를 사랑한다거나, 요즘처럼 시장을 사랑한다는 뜻이 아니다. 민형 형은 자신의 우익됨을 허무주의에서 찾는다. 그가 그렇게 술에 기대어 사는 것도 그의 허무주의가 강고하기 때문일 것이다. 그는 인간의 자유의지를 믿지 않는 것 같다. 자유의지를 믿지 않는 자가 세상의 변화에 대한 전망을 가질 수는 없다. 사르트르라면 그것을 두고 '자기기만'이라 비난하리라. 그러나 민형 형은 그런 사르트르를 비웃을 것이다. 민형 형이 자주 인용하는 어느 독일 철학자의 말: 이성적인 것은 현실적인 것이고, 현실적인 것은 이성적인 것이다. 이 말을 제멋대로 구부려 진보의 레토릭으로 삼는 사람들이 너무 많다. 그러나 민형 형이 보기에 이 유명한 명제야말로 보수주의자의 금언이다. 존재하는 것은 존재할 만해서 존재한다. 존재하는 모든 것이 그러하다. 이성적이지 않은 것은 현실적일 수가 없다. 빌어먹을! 결국 민형 형은 갈데없는 우익이다. 그러나 그가 그것을 늘 또렷이 드러내는 것은 아니다. 맨정신으로 얘기할 때, 그는 좀더 살 만한 세상에 대해서 이리저리 구상한다. 약한 사람들의 편이자 하고 소수자들의 챔피언이고자 한다. 말하자면 좌익의 포즈를 취한다. 포즈? 그것은 포즈 이상이다. 그는 타고난 우익이되 노력하는 좌익이다. 그런 점이 없었더라면 내가 그를 이렇게 좋아하지는 않을 것이다. 그리고 아마 그 점이 영미로 하여금 제 오빠를 오빠 이상으로 대하게 만들었는지도 모른다. 사실 나는 민주보다 영미를 먼저 알았다. 둘 다 나보다 나이가 하나 어리고, 학번도 하나 아래다. 그러나 민주와는 다른 학교엘 다녔기 때문에 출판사에 들어와서야 그녀를 알게 됐다. 반면에 영미는 단과대학은 달랐지만, 민형 형이랑 나와 같은 학교엘 다녔다. 물론 민형 형이 아니었으면, 인류학과 남학생이 미학과 여학생을 자연스럽게 만나게 되지는 않았을지 모른다. 한편집장은 내가 아주 가까이 따르던 선배였고, 지금도 그렇다. 그가 군 복무를 마치고 복학해서 나와 같은 학년이 되었을 때, 영미는 우리보다 한 학년 아래였다. 나는 민형 형을 통해서 영미를 처음 만났다. 학교 식당에서였다. 누이동생이라고 소개는 했지만, 민형 형을 대하는 영미의 태도에서는 첫눈에도 오누이 이상의 것이 보였다. 그날 저녁 우리 셋은 학교 앞 '그 집'에서 술을 마셨다. 영미는 나를 선뜻 오빠라고 불렀다.

"민형이 형한테 이렇게 예쁜 여동생이 있는 줄 몰랐네. 어떻게 형은 나한테 입도 벙끗 안 했어?"

"선후배라는 게 서로 무슨 호구조사 하는 관계니? 그리고 내가 말할 틈이 있었니? 너 만나고 얼마 안 돼서 군대 가게 됐잖아. 더구나 너한테 얘길 하면 니가 우리 영미한테 무슨 짓을 할지 모르니 더욱 말할 수 없었지."

"무슨 짓이라니요? 내가 영미씨를 잡아먹기라도 한단 말이에요?"

"너라면 충분히 그러구두 남을 놈이지. 니 주위엔 항상 여자들이 바글바글거리잖아. 더구나 영미는 인문대 최고의 미녀구. 나 없이 따루 영미 만나진 마라, 응?"

내 옆에 여자들이 바글거린다는 말은 완전한 왜곡이었다. 아니, 내가 여자들이랑 잘 어울리기는 했다. 그러나 그 여자들은 '여자인 친구'였지 '여자친구'는 아니었다. 나는 지금까지도 연애라고 불릴 만한 것을 누구와 해보지 못했다. 실상 여자들에게 인기가 있었던 건 민형 형이었다. 앞서 말했듯, 나는 민형 형 얼굴보다 그 명성을 먼저 접했다. '아도니스'라 불리며, 전설처럼 신화처럼 선배 여학생들 입에 오르내리던 사람이 학생 때의, 특히 군대에 가 있을 때의 민형 형이었다. 지금 생각해보면 그 '아도니스'라는 별명은 민형 형의 운명을 암시했던 것도 같다. 시인 알리 아흐마드 사이드 아스바르가 아니라 그리스 신화 속의 그 아도니스 말이다. 이건 실언이다. 아니, 망언이다. '민형 형의 운명' 운운한 것을 나는 취소한다. 경박한 놈, 이정석! 게다가 이 아도니스면 어떻고 저 아도니스면 어떤가? 그냥 칵테일 이름이라고 가볍게 생각하자. 군대 가기 전의 그를 보지 못한 후배 남학생들은 죄다 민형 형을 질투했다. 그가 군대 가기 전에 몇 번 술자리를 함께했던 나도 민형 형을 조금은 질투했던 것 같다.

"글쎄, 과연 그렇게 될지 모르겠네요. 영미씨 생각은 어때요?"

"전 어려서부터 민형 오빠가 하라는 대로만 살아왔어요. 그래서 정석 오빠를 따로 만나긴 어려울 것 같은데요."

"야, 이거 완전히 독재자였구나, 형. 혹시 폭력 오빠 아니었나?"

"아, 그건 절대 그렇지 않아요."

영미가 못 들을 말이라도 들었다는 듯이 끼어들었다.

"저한테 험한 말 한 번 한 적 없어요. 세상에 우리 오빠 같은 오빠는 없을걸요."

"그럼 오빠가 무섭지도 않았을 텐데, 왜 오빠가 하라는 대로만 살았나?"

"오빠가 늘 옳은 말만 했으니까요. 오빠 하라는 대로 해서 뒤끝이 나빴던 적이 한 번도 없었어요. 오빠가 내 수호신이었거든요."

"얘, 영미야. 오빠 낯간지럽다. 수호신은 무슨!"

"야, 정말 민형 형이 영미씨한테 좋은 오빠이긴 한 모양이네. 딱 오누이예요?"

"아냐, 손위누이 하나 있고, 영미 말고도 누이동생 하나 더 있어. 일남삼녀."

나는 그때 또다른 누이동생이 영미보다 위인지 아래인지 물어보지 않았다. 당연히 아래일 거라고 생각했다. 민형 형이랑 영미가 세 살 차이밖에 나지 않았으니. 내가 별생각 없이 물어보았다면, 그 자리가 좀 어색해졌을지도 모른다.

"우린 삼남일녀인데, 형네는 거꾸로구나. 난 맏이예요. 형은 여자들 사이에서 자랐구먼."

"그래서 내가 여성적이잖아."

"그런가? 절제 없이 술 마시는 것만 빼곤 그런 것 같기도 하네요. 영미씨도 술 많이 마셔요?"

"아니에요. 그냥 소주 한 병 정도. 더 마시면 그 다음날 힘들어요."

"응, 그럼 영미씨 술친구로는 민형 형보다 내가 더 낫겠네. 나두 소주 한 병 반 정도가 주량이에요."

"영미가 너랑 술친구 안 할걸."

"글쎄, 두고 봅시다."

그뒤로 우리는 셋이 자주 어울렸다. 민형 형 없이 영미와 나만 만난 적도 있다. 영미가 제 오빠 하라는 대로만 살지는 않은 것이다. 물론 우리들 관계는 친구나 선후배의 관계 이상은 아니었다. 민형 형과 내가 졸업반이었을 때, 그러니까 영미가 삼학년이었을 때, 한국에서 미학과 출신의 첫 행정고시 합격자가 탄생했다. 그 사람이 영미였다. 영미가 행시 공부를 하고 있는 걸 민형 형은 알고 있었다고 한다. 그러나 형은 내게 아무런 귀띔도 해주지 않았다. 그래서 내 놀라움은 더 컸다. 인류학과에도 드물지 않게 행시 준비를 하는 친구들이 있긴 했지만, 미학과에서 행시 합격자가 나왔다니. 한편집장은 영미가 행시 공부를 하게 된 게 대학원에 진학할 형편이 못 된 탓이었다고 내게 말해주었다. 영미는 공부를 더 하고 싶어했다. 그리고 영미가 미학 분야에서 더 공부를 하거나 전문가가 될 유일한 방법은 고급공무원이 되는 것이었다. 영미가 행시에 합격한 얼마 뒤, 학교 식당에서 우연히 만나 마주앉아 밥을 먹었다. 그땐 이미 우리가 서로 말을 놓는 사이였다.

"다시 한번 축하해. 너 정말 대단하다. 니가 공부 선수인 줄은 몰랐네."

"정석 오빠가 모르는 모양인데, 진짜 공부 선수는 민형 오빠야. 대학 들어와서 공부를 안 해서 그렇지."

"모르긴. 인류학과 역사상 최고 점수로 들어온 거 인류학과에선 다 알아. 아니, 사회대 전체에서도 알 만한 친구들은 다 알걸. 출석 미달로 학사경고 받은 것두 유명하구. 오뉘가 다 공부 선수구먼. 근데 행정법이나 행정학, 경제학, 이런 것들이 행시 과목 아냐? 그런 것들은 어떻게 공부했니?"

"어떻게 공부하긴. 책으로 공부했지. 법대랑 경제학부에 가서 청강하기두 했구."

"대단하군. 앞으로 진로가 어떻게 되는 거야?"

"우선 학교 졸업은 해야지. 그뒤 중앙공무원교육원에서 육 개월 정도 연수를 받게 될 거구. 일반 행정 직렬루 붙었는데, 문화부 쪽에서 일하게 됐으면 좋겠어. 꼭 내 뜻대루 될지는 모르겠지만."

"하긴, 아무래두 미학과에서 공부한 걸 써먹어야겠지."

"암튼 미학자가 되긴 그른 것 같구, 문화행정가가 되구 싶어."

"미학자가 되기 그른 건 아니지. 공무원 생활 하면서도 공부할 기회가 있겠지."

"그럴까?"

"물론. 넌 둘 다 할 수 있을 거야. 그러니까 문화행정을 맡는 훌륭한 미학자가 될 수 있을 거야."

그즈음에야, 나는 영미가 민형 형의 생물학적 누이동생이 아니라는 걸 알게 되었다. 그들은 이복 오누이도 아니었다. 아무런 혈연관계가 없었다. 여린 것들에 대한 민형 형의 연민과 더불어, 두 사람 사이에 아무런 혈연관계가 없다는 점이 영미로 하여금 민형 형을 오빠 이상으로 대하게 만들었는지도 모르겠다. 물론 다 내 추측일 뿐이다. 나는 그 두 사람의 성장기에 대해서 아는 것이 별로 없다. 졸업 뒤 군 복무를 마친 내게 민형 형이 자기 출판사로 들어오라고 했을 때, 나는 약간 망설였다. 출판 일이 마음에 안 들어서도 아니고, 출판사 규모가 내 욕심보다 작아서도 아니었다. 나는 그즈음 대학원에 진학할 생각이었다. 꼭 학교를 직장으로 삼을 생각은 없었지만, 공부는 더 하고 싶었다. 말하자면 나는 인류학자가 되고 싶었다. 일류 인류학자. 사정을 얘기하자, 민형 형은 아무 염려 말라며 나를 불러들였다. 자기도 박사 후배 하나는 있어야 하는 것 아니냐며.

"내가 널 세상의 골방으로 끌어들이면서, 그 정도 값도 안 치르겠니? 너 대학원 다니는 거 아무 문제 안 되게 할게. 학위 받구 학교루 도망가두 원망 안 할 거구."

직장생활과 학업을 병행하는 것이 좀 버겁기는 했지만, 그것이 내 삶에 활기를 주기도 했다. 내가 출판사에서 하는 일은 주로 사회과학 분야의 원고를 검토하는 것이다. 우리 출판사 규모는 그리 크지 않지만 양서를 골라서 낸다는 명성은 있어서, 출판 가능성을 타진하는 원고들이 자주 들어온다. 오늘도 이백자 원고지로 천오백 매쯤 되는 원고가 이메일로 들어왔다. 그걸 슬렁슬렁 읽는데도 한나절이 걸렸다. 투고자가 보낸 가제는 '프리드리히 엥겔스의 유물사관 비판—『가족, 사적 소유, 국가의 기원』을 중심으로'였다. 제목만 보고도 질렸다. 이게 박사학위 논문 제목이지 어디 교양서적 제목일 수가 있는가? 출판을 한다고 해도 표제는 반드시 바꿔야 할 터였다. 투고자는 이화여대에서 여성학으로 막 박사학위를 취득한 이였다. 읽어보고 나니 출판하긴 어렵다는 생각이 들었다. 가설의 일부는 너무 대담했고, 일부는 '재발견', 다시 말해 이미 기존 학계에서 (다소 논쟁적으로) 수용되고 있는 내용이었다. 투고자는 특히 혈연 가족, 푸날루아 가족, 대우혼 가족, 일부일처제 가족으로 이어지는 엥겔스의 가족 단계설을 비판하는 데 많은 페이지를 할애하고 있었다. 그러나 이것은 쥘 키냐르, 마이클 오브라이언, 레베카 존스턴을 비롯한 인류학자, 사회학자, 고고학자, 생물학자들의 손을 통해 오래전에 논파된 이론이다. 투고자가 이들의 저작을 읽어보지 않은 것이 확실했다.

출판사에 들어와서야, 나는 민형 형이 부모님과 사이가 좋지 않다는 걸 알았다. 세상에 그런 부자(父子), 그런 모자(母子)가 한둘이랴마는, 민형 형과 부모님의 경우는 정도가 상당히 심했다. 어머니와는 아예 말을 섞지 않을 정도였고, 아버지와도 극히 사무적인 말만 주고받을 뿐이었다. 한사장과 한편집장의 관계는 그야말로 상사와 부하직원일 뿐, 일반적인 부자관계와는 거리가 아주 멀어 보였다. 그렇게 된 사정을 내가 알 수는 없었다. 한사장도 그렇고 사모님도 그렇고, 내겐 그저 무난한, 괜찮은 사람으로 보였기 때문이다. 그런데 한편집장과 장모는 관계가 아주 좋아 보인다. 장모를 모시고 살다보니 그렇게 된 것인지, 처음부터 장모가 좋아서 모시고 살게 된 건지는 모르겠으나. 하긴 한편집장 장모에게 자식이라고는 서현주씨 한 사람밖에 없던 터라, 한편집장이 장모를 모시지 않을 수도 없었을 것이다. 그분을 몇 번 뵀는데, 그분의 어떤 점이 한편집장에게 호의를 샀는지 모르겠다. 첫인상이 조금 어두워 보였다. 영미의 어두움과는 좀 다른 형태의 어두움. 한편집장은 어두운 사람에게 끌리는 것일까? 영미에게 그랬듯. 그렇지만 정작 서현주씨는 아주 쾌활한 사람이다. 그것이 천성에 따른 것이든 노력에 힘입은 것이든. 그렇다면 민형 형은 서현주씨 어머니가 그저 자기 처의 어머님이니 무작정 좋아하는 것일까? 그렇지만 그건 말이 안 된다. 자기 부모도 그렇게 싫어하는 사람이 장모라는 이유만으로 누군가를 좋아할 수는 없다. 대학 시절부터 그렇게 가깝게 지냈는데도, 한편집장에게는 내가 이해할 수 없는 구석이 많다. 하기야 한 사람이 또 한 사람을 어떻게 완전히 이해할 수 있겠는가? 또 사람들을 묶는 인연의 사슬이란 어차피 천차만별 아닌가. 그래도 한편집장이 장모를 그리 살갑게 대하는 걸 보면, 그분의 어떤 점이 한편집장의 마음을 크게 건드리긴 한 것 같다.

강희숙(1951~)

　이것을 저주받은 삶이라고 한다면 하느님의 노여움을 더 크게 사겠지. 제 몸 하나 스스로 움직일 수 없는 장애인들, 세끼 밥을 제대로 챙겨 먹을 수 없는 가난한 이들이 세상에는 수두룩하니까. 더구나 그 저주는 이제 풀려가고 있으니까. 적어도 풀려나고 있는 듯 보이니까. 그러나 비록 자기 연민에 지나지 않는다 할지라도, 나는 지난 사십 년 가까이, 어쩌면 오십 년 가까이 저주받은 삶을 살아왔다고 생각한다. 그 저주가 쉽사리 겉으로 드러나지 않았다는 것은, 그러니까 사람들이 쉽게 알아채지 못했다는 것은 복일까? 그렇다고 말하기엔 내 삶이 너무 힘들었다. 차라리 완전히 미쳐버렸다면, 신경증이 아니라 정신병이었다면, 그러니까 분열증이었다면, 내 마음은 고통을 덜 받았을 게다. 아니, 내 마음이 그 고통을 몰랐을 게다. 하기야 모르지, 그 사람들도 고통을 받을지. 내가 겪어보지 않은 일이니. 어쩌면 현실과의 완전한 단절이라는 점에서 그이들의 고통이 더 클지도 모른다. 그러나 내 삶도 만만치 않았다. 정녕 저주받은 삶이었다. 그 저주를 풀어달라고 하느님께 얼마나 기도했던가. 그러나 하느님은 내 기도에 답하지 않으셨다. 내 이런 삶이 마치 그분의 뜻이라는 듯이. 아니 어쩌면 근자에 와서야 그 기도를 들어주시는 것 같기도 하다. 그러나 흔쾌히 들어주시는 것 같지는 않다. 내 마음은 탈옥중이지만, 그 탈옥은 미완료 상태다. 아니 내 몸은 마음의 감옥에서 탈옥중이지만, 그 탈옥은 아직 진행중이다. 마음의 감옥은 완전히 허물어지지 않았다.

단 하나, 현주가 나와 다른 것 하나만 복이다. 그 아이는 제 아버지를 닮았다. 아이 아버지는 신경줄이 굵고 둔한 사람이었다. 현주는 이따금 그 사람 얼굴을 보는 모양이다. 내게 티는 내지 않지만. 하느님은 내게 저주를 내리고, 그 저주를 견디도록, 그 저주에 완전히 무너지지 않도록 현주를 주었는지 모른다. 어쩌면 외려 그것이 더 큰 저주다. 현주는 내 삶을 붙들어주었지만, 그 삶은 도대체 살 만한 것이었는가? 게다가 현주의 몸 세포 구석구석에도 내 신경증 유전자가 숨어 있을지 모른다. 삶의 어느 순간에 그 유전자가 발현할지도 모른다. 설령 현주의 삶이 끝날 때까지 그 유전자가 발현하지 않는다고 하더라도, 그 악마의 유전자는 그 아래 세대로 이어질지 모른다. 현주가 임신했다는 걸 알고 기쁨보다 두려움이 앞섰던 것은 그 때문이다. 사실 현주를 낳은 것만 해도 모험이었다. 나는 무책임했다. 결과가 좋아서 그렇지, 만약에 현주가 나 같은 삶을 살아야 했다면 내 죄책감이 얼마나 컸을 것인가? 남편을 설득해 아이를 그만 갖자고 한 것도 그 두려움 때문이었다. 내가 우생학이라는 것에 큰 혐오감을 느끼지 않는 것은 내 삶이 그만큼 힘들었기 때문이다.

내 강박신경증은 어머니한테서 물려받은 게 확실하다. 결코 나만큼 고통스러운 삶을 살진 않았지만, 어머니에게도 얼마쯤의 신경증 증세가 있었다. 어머니의 그 미약한 신경증은 아마 병의 영역에 이르지 못하고 성격의 영역에 갇힌 것 같다. 어머니는 돌아가실 때까지 그 증세 때문에 괴로워하진 않았다. 어머니는 그저 꼼꼼한 성격의 여자였다. 완벽주의를 추구하는 여자였다. 그러나 어머니의 그 유전자는 내게 이르러 병으로 발현했다. 내가 그토록 찬미해왔던 하느님은 나를 왜 이리 모질게 대하셨을까? '테 데움(Te Deum)'을 나는 얼마나 자주 외쳤고, 그 노래를 얼마나 자주 불렀던가? 정말, 하느님이 안 계신 게 아닐까? 나와 달리 마음의 감옥 속에서 살지 않았던 테레사 수녀도 만년에 불신의 유혹에 빠진 적이 있지 않은가. 아니, 내가 이런 불경스러운 상상을 하다니! 세상이 온통 비참한 질병들로 가득 차 있는데, 내 병이라는 것은 그 속에서 얼마나 하찮고 가벼운 것인가. 그러나 그것마저도 내게는 견디기 힘들었다. 저주로 느껴졌다. 그게 몇 살 때였나? 내 강박신경증이 시작된 것이.

그래, 여중 삼학년 때의 어느 여름밤이었던 것 같다. 나는 수학 문제지의 이차방정식을 풀고 있었다. 기지개를 켜다 문득 내 눈이 방 문고리에 가 닿았고, 그와 동시에 염상섭의 「표본실의 청개구리」가 생각났고, 배가 갈린 청개구리 이미지가 떠올랐다. 그리고 그 이미지들이 뇌에 들러붙었다. 문고리와 해부용 칼, 그리고 청개구리의 갈린 배에 대한 생각이 나를 떠나지 않았다. 그 다음날도, 그 다음날도. 그것이 내 강박신경증의 시작이었다.

아니 꼭 그런 것 같지만도 않다. 어쩌면 조짐은 그 훨씬 전부터 있었던 것 같다. 내 기억이 가 닿을 수 있는 가장 어린 시절부터 말이다. 국민학교에 들어갈 즈음부터, 아니 어쩌면 그 이전부터 나는 특별한 숫자에 집착했다. 세수를 할 때면 물질을 열두 번 해야 했고, 이를 닦을 땐 정확히 사 분 동안 해야 했다. 잠자기 전엔 손을 두 번 씻고 두 번 소변을 봤다. 잠을 잘 땐 오른쪽으로 누워야 했고, 누워서 책을 읽을 땐 왼쪽으로 몸을 돌려야 했다. 한쪽 몸이 너무 저려 방향을 바꾸더라도, 그것은 꼭 짝수 번이어야 했다. 머리를 감을 땐 비누칠을 두 번 해야 했다. 실수로 세 번을 하게 되면, 한 번을 더 해 짝수로 채웠다. 잠자기 전 방문이 잠겨 있나 짝수 번 확인해야 했고, 형광등을 끌 때도 두 번 되풀이해서 꺼야 했다. 그런 숫자에 대한 집착 말고도, 이런저런 조짐이 있었다. 여중에 막 들어가서는, 어떤 영어 단어의 철자가 불확실하면 잠자리에서라도 휘청거리며 일어나 사전을 찾아 확인해야 했다. 그러니까, 내 강박증은 내가 태어나면서부터 시작된 것인지도 모른다. 그러나 그것이 일상적 삶을 불가능하게 할 정도는 아니었다. 그저 조금 불편한 정도였다.

그런데 여중 삼학년 어느 여름밤, 내 마음의 화산이 폭발했다. 세차게 흘러나오는 용암에 내 마음은 마구 녹아내렸다. 문고리, 개구리, 문고리, 개구리, 문고리, 개구리, 문고리, 개구리, 문고리, 개구리에서 내 마음은 놓여날 수가 없었다. 방금 문고리와 개구리를 다섯 번씩 반복한 것도 내 증세다. 요즘 내 마음은 5라는 숫자에 들려 있다. 어린 시절과 달리 홀수다. 그리고 그 강박의 숫자는 홀짝만 오간 것이 아니라, 2, 3, 4, 5, 6, 7, 8, 9를 오갔다. 어떨 땐 3의 배수여야 했고, 어떨 땐 소수(素數)여야 했다.

여고 입시를 코앞에 두고 있던 나는 절망에 휩싸였다. 집에서 책을 펼쳐도, 학교 수업시간에도 문고리와 개구리밖에 생각나지 않았다. 그것 말고는 다른 모든 정보들이 차단되었다. 결국 나는 아버지에게 그 일을 의논했고, 서울대병원 신경정신과를 찾았다. 담당자는 전문의가 아니라 레지던트였던 것 같은데, 내게 믿음을 주지 못했다. 아니, 내 쪽에서 지레 믿음을 갖지 않았는지도 모른다. 그는 어쭙잖게 프로이트 흉내를 내며 내 마음을 제멋대로 해부해 제 진료실이라는 표본실에 걸어두고 싶어하는 악마처럼 보였다. 그 의사가 꿈을 일기에 적어 가져와보라고 했을 때, 내가 느낀 가소로움이란…… 내 마음가짐부터가 이랬으니, 별다른 차도가 있을 수 없었다. 나는 일주일에 한 번 의사를 찾아 삼십 분쯤 면담을 하고 약을 받아와 먹었지만, 졸음만 쏟아질 뿐 강박증은 나아지지 않았다. 나는 석 달쯤 지나 치료를 포기했다. 혼자 견뎌보기로 했다. 아니, 하느님에 대한 내 믿음으로 이 저주에서 벗어나고자 했다. 그러나 내 믿음이 부족했던 탓인지, 내 몸 안의 악마는 물러나지 않았다.

병원 다니기를 그만둔 뒤, 강박증은 제멋대로 자리를 옮겨다녔다. 배가 갈린 청개구리에서 목이 잘린 시체로, 부역자로 몰려 총살당한 (내가 얼굴도 모르는) 아버지에게로. 한 번 그 대상에 들리면(憑) 얼마 동안은 거기서 헤어날 수가 없었다. 나는 그때 처음으로 진지하게 자살을 생각했다. 그러나 나는 가톨릭 신자였다. 지금도 그렇듯이. 자살을 생각하는 것만으로도 죄를 지은 느낌이었다. 그 이듬해 내가 이화여고에 진학한 것은 거의 기적이었다. 삼학년 이학기엔 공부를 거의 할 수 없을 지경이었으니 말이다. 동계 진학자에게 베푸는 특혜가 아니었다면, 나는 아마 떨려났을 것이다. 여고에 진학해서도 강박증은 나아지지 않았다. 아니 점점 심해졌다. 그리고 양태가 다양해졌다. 그러니 세 해 뒤 이화여대 과학교육과에 간신히 진학한 것 역시 기적이라고밖엔 할 수 없었다. 그러나 나는 결국 학교를 졸업하지 못했다. 어머니가 혼자 꾸려가시는 집안 형편도 문제였지만, 내 강박신경증이 생물학을 계속 공부하는 걸 허락하지 않았다. 생물학이 아니라 어느 학문이라도 마찬가지였을 것이다. 그러니까 나는, 돈 때문이 아니라 건강 때문에 대학 중퇴자가 되었다.

나는 걸을 때 보도블록의 금을 밟지 않았다. 손과 입속이 더러운 것 같아 하루에도 열 번이고 스무 번이고 손을 씻고 양치질을 했다. 그때도 내 마음은 아무 숫자나 허락하지 않았다. 한동안은 7이나 7의 배수, 그다음에는 11이나 11의 배수. 그것보다 더 힘든 일은 교실에서 있었다. 한 시간 수업이 끝나고 칠판이 말끔히 지워지지 않으면, 다시 말해 다음 수업이 시작되기 전에 분필 자국이 칠판에 남아 있으면, 나는 그걸 기필코 말끔히 지워내야 했다. 서양식 변기(구식 변기 말이다)가 깨끗하지 않은 것을 나는 참을 수 없었다. 내 집의 변기든 남의 집의 변기든, 나는 그것을 깨끗이 닦아야 했다. 액자가 좀 비뚜름하게 걸려 있다 싶으면 반드시 바로잡아놓아야 했다. 전화기 줄이나 형광등 줄이 꼬여 있으면 풀어봐야 했다. 그것이 내 집 전화기 줄이나 형광등 줄이든, 우연히 들른 식당의 전화기 줄이나 형광등 줄이든. 그것이 남의 집 전화기 줄이나 형광등 줄이라면, 그것을 풀어놓는 내 행동이 얼마나 이상하게 보였겠는가? 그 행동이 이상하게 보이지 않도록 나는 얼마나 주의를 기울이고 그럴싸한 구실을 만들어야 했던가. 집 밖에 나오면 혹시 집 수도꼭지를 제대로 잠갔는지, 난로는 제대로 껐는지, 다리미 코드는 뽑아놨는지 항상 걱정이었다.

강박증은 더 확대되고 심화됐다. 특히 특별한 숫자에 대한 집착이 더 심해졌다. 초기엔 그 숫자를 맞추거나 채우지 못할 때 그저 마음이 좀 불안한 정도였으나, 시간이 흐르면서 그 숫자가 어긋났을 땐 아무 일도 할 수 없었다. 자기 전에 문을 잠글 땐 꼭 다섯 번을 확인해야 했고, 텔레비전을 켤 땐 꼭 연속으로 거듭 켜야 했다. 그 강박의 숫자는 주기에 따라 바뀌었다. 소변을 보고 나서는 두 번, 대변을 보고 나서는 아홉 번, 휴지질을 해야 했다. 아홉 번을 해도 말끔히 닦이지 않으면, 그뒤론 꼭 2의 배수(倍數)번씩 휴지질을 더 했다. 줄넘기를 할 때면, 그 횟수가 반드시 피보나치수열의 한 숫자여야 했다. 나를 괴롭힌 건 숫자만이 아니었다. 길거리에 병뚜껑이 박혀 있으면 반드시 뽑아내야 했고, 벤치에 담배꽁초가 버려져 있어도 꼭 치워야 했다. 병뚜껑을 뽑아내느라 내 손톱은 엉망이 되었다. 벽에 박혀 있는 압정도 반드시 뽑아내야 했다. 내 손톱과 손가락은 성할 날이 없었다. 가로수가 노끈에 묶여 있으면 노끈을 반드시 끊어내야 했다. 도대체 그 시절 서울 가로수엔 왜 그리 노끈이 많이 둘러쳐 있었던 것인지. 노끈을 끊어내기 위해 나는 주머니에 늘 연필 깎는 칼을 넣고 다녔다. 병뚜껑을 뽑아내든 노끈을 잘라내든 그것이 이상한 행동이라는 것을 자각하고 있었으므로, 나는 항상 주위를 살폈다. 남의 집의 꼬인 전화기 줄을 풀 때처럼 말이다. 그래서 낮에 보아두었다가 사람이 드문 밤에 그곳으로 가 내 강박증을 해결한 적도 많았다. 병뚜껑을 뽑아내거나 노끈을 잘라낸 뒤에도 그것으로 끝나지 않았다. 나는 내 기억을 확신할 수 없어서 몇 번이고 그곳으로 가 내가 과연 그랬는지를 확인해야 했다. 그때마다 특별한 강박 숫자가 있었다. 집 밖으로 나가기가 무서웠다. 집 밖에는 수많은 노끈들이, 수많은 병뚜껑들이 나를 노리고 있었으니.

서른을 넘기면서 강박증의 유형이 하나 더 보태졌다. 이번엔 궁금증이었다. 내게 아무런 필요도 없는 정보가 나를 괴롭혔다. 나는 그 사소한 정보들을 알아내야 했고, 확인해야 했다. 그가 친구라고 말한 사람은 여자일까 남자일까, 그 여자 또는 남자는 결혼을 했을까 미혼일까 아니면 요즘의 속된 말로 '돌싱'일까, 아이들은 몇이나 두었을까, 그 아이들의 성별은 순서대로 어떻게 될까, 이 아무개와 저 아무개는 서로 아는 사이일까 아니면 모르는 사이일까? 동갑내기인 저 아무개와 이 아무개는 누가 생일이 빠를까? 그 쌍둥이 자매 가운데 누가 언니고 누가 동생이라고 했더라? 그 쌍둥이들이 이란성이라고 했던가 아니면 일란성이라고 했던가? 그이 고향이 여수라고 했던가 순천이라고 했던가?

사람을 만나기가 무서웠다. 누군가를 만나서 이야기를 나누다보면 반드시 그런 궁금증이 생기기 때문이다. 그 자리에서 물어보기 민망한 궁금증들도 있다. 예컨대 딸자식과 둘이 산다는 그 남자는 이혼을 했을까 아니면 상처를 했을까 하는 아주 사적인 궁금증 말이다. 사실 대부분이 사적인 궁금증이었다. 그렇게 묻기 민망한 궁금증이 생기지 않아 무사히 자리를 파하게 되더라도, 나중에 대화를 되새기다가 궁금증이 생기기도 했다. 민망하든 안 민망하든, 그런 사소한 궁금증을 없애고자 하는 질문들은 사람들로 하여금 날 이상하게 생각하게 만들었다. 당연한 일이었다. 나는 그것이 싫어 궁금증을 참으려 이를 악물고 애썼지만, 대개는 실패로 끝났다. 마흔 줄에 들어 기억력이 조금씩 쇠퇴하면서 내 처지는 더 난감하게 됐다. 이젠 궁금한 것을 직접 확인하고도 나 자신을, 내 기억을 예전보다 더 믿을 수가 없게 된 것이다. 그 친구가 내 집에 온 적이 있었던가? 왔다면 몇 번 왔었지? 그 자리에 다른 누가 있었던가? 모임에서 직접 들은 말도 기억이 안 나 다시 확인해야 했다. 너 뉴욕에 가봤다고 했던가? 너 추기경 만나봤다고 했던가? 그리고 그렇게 거듭되는 확인들도 강박의 숫자에 얽매였다. 그리고 이내 기억이 희미해졌다. 그래서 얘기를 듣고 나면 노트에 기록을 해놓기도 했다.

강박증이 힘든 것은 그것이 마음의 병일 뿐만 아니라 몸의 병이기도 하다는 것이다. 생각이 몸을 떠나지 않고 들러붙어 있으면 바로 그 몸이 아프다. 처음엔 가로수의 노끈을 끊어내지 못했다거나 거리에 박힌 병뚜껑을 뽑아내지 못했을 때, 팔 관절이 아프고 편두통이 생겼다. 요즘엔 궁금증을 해결하지 못하면 오른쪽 아랫배가 꼬챙이에 찔린 듯 아프다. 신기한 것은, 병뚜껑을 뽑아낸 순간 팔 관절은 멀쩡해지고 편두통도 사라진다는 것이다. 궁금한 것을 알아낸 순간 아랫배의 극심한 통증도 바로 사라졌다. 나이가 들수록 병뚜껑이나 노끈보다는 궁금증 쪽으로 강박증이 이동했다. 그러나 정도는 점점 심해졌다.

인터넷이 대중화된 1990년대 말부터 나는 아는 사람들, 모르는 사람들에게 끊임없이 전자우편을 썼다.

"그때 말한 의사가 여자니, 남자니?"

"그 집 오누이는 계집아이가 위예요, 아니면 사내아이가 위예요?

"너 그 사람 두 번 봤다고 그랬니, 아니면 세 번 봤다고 그랬니?"

"그 젊은 친구가 미학과엘 다니던가, 아니면 철학과를 다니던가?"

"그 여자를 처음 만난 게 대구에서니, 아니면 부산에서니?"

"미국에 산다는 네 사촌은 한국계 사람이랑 결혼했니, 아니면 흑인이나 백인이나 히스패닉이랑 결혼했니?"

"네가 말했던 이모가 너네 엄마 언니니, 동생이니?"

"그 친구가 네 딸 결혼 축의금으로 얼마를 냈다구?

이런 이상한 질문들을 하자니 어쩔 수 없이 맥락을 만들어내야 했다. 이를테면 "제 주위에도 그런 사람이 있어서요" "오늘 아침 신문 기사를 읽다 궁금한 생각이 들었네요" "아, 요즘 점점 기억력이 없어지는 것 같아요. 제 기억력 좀 도와주실래요?" "저한테도 그런 일이 있었죠" "그이 고향도 부산 근처거든요" 따위의 말. 그러나 그런 말로 맥락을 만들어도 내 질문은 그 사람들에게 기이하게 비쳤을 것이다. 아니, 실제로 그랬다. 아예 답메일을 안 주는 경우도 있었고, "정말 넌 이상한 질문을 하는구나" "그게 왜 알고 싶으세요?"라는 답메일을 수도 없이 받았다. 답메일을 안 주는 경우엔 내가 집요하게 다시 메일을 보내 물으니 더 그랬을 것이다. 아주 가까운 친구 두셋한테는 내 사정을 곧이곧대로 털어놓았다. 그러곤 내가 이상한 걸 물으면 병 때문이니 이상하게 여기지 말고 얘기해달라고 부탁했다. 그러나 모든 사람에게 그 사정을 털어놓을 수는 없는 일이다.

살아오면서 자살충동을 느낀 것이 백 번도 넘을 게다. 그것을 모두 내 가톨릭적 믿음으로 이겨낸 것은 아니다. 나를 자살하지 못하게 한 것은 현주의 존재였다. 어린 현주를 두고 너무 일찍 갈 수는 없었다. 혹시 그건 핑계는 아니었을까? 이런 저주받은 삶을 살면서도 죽음이 두려워서, 삶에 대한 애착 때문에, 비루하게 현주 핑계를 대온 건 아니었을까? 사실 이젠 내가 현주에게 짐이 되고 있지 않은가? 가톨릭적 믿음이라는 것도 핑계 아니었을까? 하느님에 대한 내 믿음은 점점 더 엷어지고 있지 않은가. 그분을 사랑할 때보다 미워할 때가 더 많지 않은가. 현주는 어섯눈 뜰 무렵부터 내 증세를 어렴풋이 알고 있었다. 그리고 내게 여러 차례 신경정신과 치료를 권했다. 그러나 나는 그것을 쓸모없는 짓이라고 생각하고 현주 말을 듣지 않았다. 내 증세가 얼마나 심한지를 알았다면, 내가 얼마나 괴로운 삶을 살고 있었는지를 알았다면, 현주는 나를 강제로라도 병원에 데려갔을 것이다. 그러나 나는 딸에게 '미친 여자'로 보이기 싫었다. 그래서 현주 앞에서도 어지간해서 내 괴로움을 털어놓지 않았다. 현주는 나를 그저 약한 신경증적 성격의 여자라 생각했을 것이다. 현주가 한서방과 결혼하게 됐을 때, 현주는 내 증세를 제 미래의 남편에게 알려주었다. 우리가 함께 살 예정이었으니, 현주가 그 얘기를 한서방한테 한 것은 당연했다. 그러나 현주 자신이 내 병을 대수롭지 않게 생각하고 있었으므로, 그걸 전해들은 한서방 역시 그저 내 성격이 지나치게 꼼꼼하다는 뜻 정도로만 받아들였다. 나는 특히 한서방 앞에서는 '정상적' 사람으로 행세했다. 그것이 얼마나 어려웠는지…… 가끔 한서방에게도 궁금증이 생겨 도저히 참지 못하고 이것저것 물으면, 그는 "어머니는 참 궁금한 것도 많으시네요"라며 웃곤 했다.

두 해 전, 더이상 가톨릭 신앙도 현주의 존재도 도저히 내 자살충동을 막아주지 못하게 됐을 무렵, 나는 현주와 한서방을 앉혀놓고 내 '병의 역사'를 얘기했다. 그 말을 하면서 자기 연민을 이기지 못했는지, 눈물이 줄줄 흘러나왔다. 아무리 참으려 해도 참을 수가 없었다. 술도 안 마신 상태로, 나는 딸아이와 사위 앞에서 울고 있었다. 나로선 아주 어렵게 꺼낸 얘기였다. 나는 더이상 이런 마음의 감옥에 갇혀서 살 수는 없다고 생각했고, 하느님께 죄를 짓든 현주에게 죄를 짓든 이만 삶을 놓아야겠다고도 생각했다. 내 눈물 탓이었는지 모르겠다. 듣고 있던 한서방과 현주의 눈에도 액체가 고인 것이. 한서방은 내가 그때까지 제게 그 얘기를 안 한 걸 책망했다.

"어머니, 왜 지금까지 그런 말씀을 안 하셨어요. 그렇게 힘들어하시면서. 정말 서운합니다. 강박신경증은 아주 흔한 병이에요. 그냥 불안신경증의 일종이죠. 어머님이 좀 심하실 수는 있겠지만. 왜 병원에 가서 치료받을 생각을 하지 않으시고 그렇게 병을 키우셨어요?"

"이런 정신병이 치료가 되려나? 그리고 사실은 현주가 내 병을 물려받을까봐 걱정이 컸어. 한서방이 그걸 알게 되면 정신병이 우리 집 병력이라고 생각할까 걱정도 됐구."

나는 일부러 '정신병'이라는 말을 썼다. 어차피 털어놓게 된 것, 한서방에게 더 충격을 주고 싶었다.

"어머니, 그건 정신병이 아니에요. 그저 불안신경증의 일종이라니까요. 그리고 설령 그게 정신병이라고 하더라도 제가 어머니를, 그리고 지현 엄마를 달리 대하겠어요? 정말 너무하셨어요, 어머니. 그리고 너무 힘든 삶을 살아오셨네요."

"말이라도 고맙네, 한서방."

"어머니, 저를 사위라 생각하지 마시고, 백년지객이라 생각하지 마시고, 아들이라고 생각하세요. 지현이 엄마를 저렇게 잘 키워서 제게 보내주신 것만 해도 어머니는 제게 커다란 은인이에요. 아무 걱정 마십시오. 제가 해결해드리겠습니다."

한서방은 내 손을 꼭 잡았다. 한서방의 눈에 고인 액체가 뺨을 타고 주르르 흘러내렸다. 한서방이 우는 모습을 본 것은 그때가 처음이자 마지막이었다. 현주도 따라 울었다. 제 어미가 그리도 힘들게 산 걸 알아채지 못한 게 저도 미안했던 모양이다. 현주와 한서방이 흘리는 눈물을 보고 나는 더 서럽게 울었다. 우리 셋은 한동안 부둥켜안고 있었다. 한서방은 제 고등학교 선배라며 신경정신과 의사를 소개해주었다. 의사는 내 얘기를 죽 듣고도 대수롭지 않게 받아들이는 듯했다. 내 일생의 저주가 그에겐 일상의 풍경인 모양이었다. 하기야 나보다 훨씬 더 마음이 망가진 사람을 그는 얼마나 많이 보아왔을 것인가. 첫번째 진료를 받을 때 빼고는, 젊은이에게 내 마음을 홀딱 벗겨놓기가 싫어 내 마음을 미주알고주알 털어놓진 않았다. 다시 말해 상담은 대충대충 이뤄졌다. 요즘 병원에 가는 건 그저 약을 타오기 위해서다. 처음 약을 복용하기 시작했을 땐, 낮이고 밤이고 졸려 견딜 수가 없었다. 지현이를 돌보는 게 힘들 정도였다. 그러나 그 증상은 점점 줄어들었다. 약은 확실히 효과가 있었다. 병원에 다닌 지 반년 정도 지나자 내 강박증은 나 자신이 알아챌 수 있을 정도로 줄어들었다. 궁금증의 횟수도 확 줄었고, 궁금증 자체가 일지 않기도 했다. 그리고 궁금증이 생겨도 곧 잊어버리는 경우가 늘었다. 그러나 마음의 감옥에서 완전히 탈출하지는 못했다. 이따금씩, 아주 이따금씩, 마음이 한 곳에 갇히고 거기 따라 몸도 한곳에 갇힌다. 어떤 역사적 사실이나 고유명사가 기억나지 않으면 한밤중에도 '네이버'나 '다음'에 들어가 그것들을 확인하곤 한다. 컴퓨터를 켜고 *끄고* 하는 것이 번거로워, 켜놓은 채로 잠자리에 눕는 일도 있다. 누워서 책을 읽거나 이런저런 상상을 하다보면, 갑자기 확인하고 싶은 것들이 생기기 때문이다. 예컨대 레이철 카슨에게 박사학위가 있었던가, 마르게리트 유르스나르의 국적이 어디더라, 홍콩과 마카오 중 어느 쪽이 먼저 중국에 반환됐지, 동갑내기인 리처드 도킨스와 스티븐 제이 굴드 중 어느 쪽 생일이 더 빠르지, 화성의 위성 둘 가운데 포보스는 기억나는데 나머지 한 개 이름이 뭐더라…… 하는 궁금증들 말이다. 이런 것들은 인터넷에서 확인할 수 있다. 스마트폰이 있다면 컴퓨터 앞에 앉지 않아도 이런 것들을 즉각 확인할 수 있겠지. 사실 한서방이 스마트폰을 사주겠다고 말하기도 했다. 그러나 나는 사양했다. 아니, 거절했다. 그런 편한 도구가 생기면, 내 궁금증이 한없이 늘어나고 그런 궁금증들을 그냥 넘길 수 있는 둔함이나 참을성이 줄어들 것 같아서였다. 게다가 잔글씨를 읽는 것도 이젠 힘들다. 뭘 읽을 때마다 돋보기를 끼어야 하는 게 귀찮다. 어쩌면 나는 죽을 때까지 이 병에서 말끔히 벗어나지 못하리라. 이 감옥에서 완전히 벗어나지 못하리라. 그러나 옥살이의 괴로움은 한결 줄어들었다. 마음이 한결 자유로워졌다.

약을 한 해쯤 복용했을 때 잠을 줄여보려고 한 달쯤 약을 끊은 적이 있다. 그러나 그 반응이 당장 나타났다. 약을 먹기 전처럼 마음의 감옥이 세워졌다. 외려 더 견고해진 듯했다. 할 수 없이 나는 다시 약을 복용하기로 했다. 남은 삶이 얼마나 될진 모르겠으나 조금은 편하게 보내고 싶었다. 그즈음엔 몸이 약에 적응을 했는지, 수면시간도 예전과 비슷하게 되었다. 처음엔 병원엘 사흘에 한 번씩 갔으나 얼마 뒤 일주일에 한 번씩 가게 됐고, 그뒤에는 이 주에 한 번씩 갔다. 의사의 지시에 따른 것이다. 그러나 나로선 병원에 가는 것이 의사와 상담하기 위해서가 아니라 그저 약을 타오기 위해서였던 만큼, 이 주에 한 번 가는 것도 귀찮았다. 요즘엔 사 주에 한 번 가서 한 달치 약을 타온다. 사실 그것도 귀찮다. 그냥 현주에게 대신 받아오게 하면 어떨까 하는 생각도 든다. 그러나 의사를 소개해준 한서방에 대한 배려도 해야 할 것 같아, 사 주에 한 번씩 먼 걸음을 한다. 지하철로 삼십 분쯤 가서 버스를 갈아타고 이십 분쯤 더 가야 한다. 내려서도 십 분쯤 걷는다. 무슨 병원이 그리 외진 곳에 있는지. 그래도 나들이 겸 운동을 한다고 생각하며 마음을 다스린다.

나는 죽을 때까지 병원엘 다녀야 할지도 모른다. 죽을 때까지 약을 복용해야 할지 모른다. 그러나 그게 무슨 큰 문제랴. 내 마음은, 완전한 자유는 아닐지라도, 상당한 자유를 얻었다. 그것이 약 덕분이든, 의사의 한두 마디 격려 덕분이든. 나는 이제 바깥에 나돌아다니는 것도 두렵지 않고, 사람을 만나는 것도 두렵지 않다. 꼬인 전화기 줄도 노끈도 병뚜껑도 궁금증도 두렵지 않다. 아니 가끔은 두렵다. 가끔은 강박증이 다시 머리를 치켜든다. 그러나 나는 이제, 적어도 거기 맞설 용기가 있다. 바깥에 나돌아다닐 용기가 있고, 친구들과 만나 얘기를 나눌 용기가 있다. 그러고 보면 하늘이 내게 저주만 내린 건 아니었다. 현주도 그렇고 한서방도 그렇고, 이 나이에 기댈 사람들이 있다는 게 얼마나 다행인지 모르겠다. 어떨 때 보면 한서방은 제 부모보다 나를 더 살갑게 대하는 것 같다. 아니 확실히 그렇다. 한서방은 왜 부모들과 그리 데면데면한 걸까? 그게 때로는 다행이라는 생각도 든다. 부모를 끔찍이 위하는 사람이었다면, 제 장모에게 줄 정이 부족했을 테니까. 부모 집을 떠나 제 장모와 함께 살겠다는 생각은 하지 않았을 테니까. 그래, 나는 이기적이다. 하지만 다행스럽다는 생각이 드는 건 어쩔 수 없다. 사돈 양반들은 친지들도 많고 무엇보다도 심신이 건강하지 않은가. 나, 외롭게 늙은 병자에게는 기대고 디딜 살뜰한 가족이 절실히 필요하다. 그 많은 자살의 유혹을 뿌리치길 잘했다. 돌이켜보면 아슬아슬한 순간이 얼마나 많았던가. 현주 아버지에게 처음 내 사정을 털어놓았을 때 나는 얼마나 두려웠던가? 그가 나를 버린다 해도 나는 어쩔 수 없다고 생각했었다. 그리고 그는 결국 나를 버렸다. 꼭 내 병 때문이었는지는 모르겠으나.

나는 재혼할 생각을 전혀 하지 않았다. 내 병 때문이었다. 내 병을 이해해줄 좋은 사람을 만날 수 있었을지는 모른다. 그러나 혹시라도 내가 아이를 하나 더 갖게 된다면, 현주처럼 멀쩡하리라는 법이 없다. 나는 내 뜻에 반해 아이를 하나 더 갖는 것이 두려웠다. 그리고 더이상 어떤 남자의 짐이 되기가 싫었다. 현주 아버지의 얼굴이 점점 흐릿해진다. 그렇지만 미운 정도 정이라고, 가끔 그 남자 생각이 난다. 내 방 서랍 깊숙이 숨겨둔 결혼사진을 꺼내 볼 때도 있다. 나는 왜 이 사진을 버리지 않았을까? 결혼사진 속의 남자는 현주 아버지라기보다는 차라리 한서방 같다. 그 사진 속의 나는 현주 같고. 물론 한서방은 그 사진 속의 남자보다 훨씬 더 너그러운 사람이고, 현주는 그 사진 속의 여자보다 훨씬 더 건강한 아이다. 무슨 일이 생기든 현주와 한서방이 갈라서지 않았으면 좋겠다. 이혼한 부모의 자식들은 이혼할 가능성이 상대적으로 높다는 얘기를 신문에선가 읽은 것 같다. 그러나 현주는 안 그럴 것 같다. 그 아이와 한서방은 천생연분이다. 한때 한서방 말고 다른 사위를 상상했던 게 조금 겸연쩍다. 한서방은 정말 이쁜 사위다. 지현이도 이쁘다. 현주 어렸을 때를 보는 것 같다. 더러 고집스러울 때도 있지만, 이 아이는 나를 제 친가 쪽 할머니보다 더 따른다. 나와 함께 사니 당연한 일인지도 모르겠지만. 그것도 고맙다. 오늘이 한서방 생일이어서 한서방이 좋아하는 연어회를 현주가 떠왔다. 내가 낮에 스키야키 재료를 사왔다는 걸 현주한테 전화로라도 얘기했어야 했는데. 하긴, 둘 다 한서방이 좋아하는 음식이다. 오늘 다 먹어도 좋고, 아니면 내일 먹여도 상관없다. 늘 보는 얼굴이지만 오늘따라 한서방이 더 정겹다.

"어머님, 요즘은 기분이 좀 어떠세요?"

"아주 좋아졌어. 한서방이 날 지옥에서 구해준 거야."

그 말에는 과장이 담겼지만, 절대로 거짓이 아니었다. 증세가 요즘만 같다면 인생은 그럭저럭 살 만하다. 아니, 인생은 아름답다, 고까지도 말하고 싶다.

"참, 어머님도. 그 공은 의사한테 돌려야지요. 그 선배 본 지도 오래됐네. 제가 그 선배한테 술이라도 한잔 사야겠네요."

"응, 고마운 이야. 그런데 술 얘기가 나왔으니 말인데, 한서방은 술을 너무 많이 마시는 것 같아. 좀 줄여봐."

내가 한서방에 대해서 유일하게 걱정하는 것이 술이다. 한서방의 술자리는 낮밤이 따로 없고 아침저녁이 따로 없다. 그렇게 술을 마셔도 집에 돌아와 주정 한 번 부리는 일이 없는 게 대견하긴 하지만, 몸이 그 술을 어떻게 견뎌내랴. 아무리 젊은 나이라고 해도 말이다. 현주 아버지도 술을 좋아했다. 한서방만큼 마시지는 않았지만, 그도 술 없이는 못 사는 사람이었다. 아마 지금도 그렇게 살고 있을 것이다. 이제 나이가 있으니 젊었을 때만큼 마실 수야 없겠지만, 혹시라도 한서방이 나보다 앞서 가면 어떡하나 하는 생각을 할 때가 있다. 그럴 때면 온몸이 오들오들 떨린다. 나는 이제 사위 없이는 살 수 없는 사람이 되었다.

"사실 저도 은근히 걱정은 됩니다. 어머님. 제가 술을 절제하지 못한다는 거 저도 잘 알고 있어요. 노력은 해보겠습니다."

"노력만 하지 말고 정말 확 줄여. 아예 끊어버리든지. 현주한테 들었는지 모르겠지만 자네 장인도 자네 같은 말술이었어. 자네완 달리 주정꾼이었구. 나도 술을 마시긴 하지만, 우리 집 여자들 술 정말 무서워하네. 일할 시간 빼앗기고 건강 해치고 돈 들고, 술이 뭐가 그리 좋아? 나도 가끔은 술로 기분을 푸는 처지니 한서방한테 아예 끊으라는 말은 못하겠구면. 그냥 좀 절제라도 하게. 낮술 마시지 말구, 저녁 술도 자정 넘기지 말구. 한서방 술 마시는 거 보면 내가 싫어하는 자네 장인 생각이 자꾸 나. 그놈의 주사는 또 어땠구."

"예, 지현이 엄마한테 얼핏 들었습니다. 어머님껜 죄송하지만, 한 석 달쯤 전에도 찾아뵀어요. 지현이 엄마랑요."

처음 듣는 얘기였다.

"현주 넌 니 아버지 만났다는 말 왜 나한테 안 했어? 내가 너한테니 아버지 만나지 말라고라두 했니?"

내 말투에 진한 서운함이 배어 있었나보다.

"아이, 엄마두. 그런 말 안 했죠. 엄마는 그럴 사람 아니잖아. 그리구 한서방이 자꾸 찾아가자고 해서 따라간 거지, 아버지 별로 보고 싶지도 않아. 나 정말 아버지한테 정 없어. 엄마랑 날 버린 사람 아녜요. 아버지랑 사는 여자 보는 것두 어색하구."

"맞습니다, 어머님. 내켜하지 않는 걸 제가 억지로 끌고 간 거예요. 지금도 술을 꽤 하시던데요. 그래서 저도 좀 자신이 생겼습니다. 회갑이 한참 넘으신 분이 저 정도 드시는데, 저는 더 마셔도 되는 거 아닌가 하는."

"이 사람아, 지금 나 약 올리려구 그러는 건가? 술 때문에 제일 걱정되는 건 자네 건강이지만, 그 걱정은 또 현주에 대한 거기도 해. 자네 몸 상해서 내 딸 고생시킬 생각이야? 과부 만들 거야?"

"어머님, 그런 일 절대 없습니다. 저 지현이 엄마보다 더 오래 살거예요."

"엄마는 무슨 그런 얘길 해? 그게 한서방 생일에 할 소리예요?"

현주도 끼어들었다.

"설령 건강 문제가 없더라도 시간을 너무 낭비하잖아. 술 마시면 기분 좋아지는 거 내가 왜 모르겠어? 나두 이렇게 가끔 마시는데. 그래두 다른 일루 기분 좋아지도록 해봐. 게다가 다 현주 아버지 같진 않을 거야. 한서방 몸이 아직 건강한 건 알고 있지만, 그 술이란 놈이 언제 어떻게 자네 몸을 망칠지 알 수 없잖아."

"예, 지현이 엄마도 저 야단치면서 항상 장인어른 얘기를 해요. 사실 장인어른도 술은 여전히 꽤 하시지만, 아주 건강해 보이시지는 않더라구요. 지금보다는 줄여볼 테니까 걱정 마세요, 어머님. 그리구 어머님, 산책을 자주 나가세요. 걷는 게 제일 좋은 운동이라더라구요."

"내가 한서방한테 할 소리네. 한서방도 제발 조금씩이라도 걸어. 술 마실 시간에 걸으면 자네 백 살까지도 살 거네. 출판사 오갈 때도 마을버스 타지 말고 걸어다니게."

"어머님께서 백 살 넘어까지 사셔야죠. 아직 젊디젊은 놈이 무슨 운동을 따로 하겠습니까? 저도 어머님 나이 되면 많이 걷겠습니다."

자리가 파하고 제 방으로 들어가면서 한서방은 내 볼에 입을 맞췄다.

"어머님, 사랑합니다."

"어이구, 이런 흉한 짓을. 근데 나도 한서방 사랑하네."

나는 현주의 눈치를 살폈지만, 느껴지는 행복을 억누르려 하지는 않았다. 내 삶의 대부분을 통해서 느끼지 못한 감정을. 문득 몇 해 전에 돌아간 대통령의 말이 떠올랐다.

'인생은 아름답고 역사는 발전한다.'

역사가 발전하는지는 모르겠다. 인생이 늘 아름다운지도 모르겠다. 그러나 적어도 지금 내게 인생은 아름답다. 아주 아름답지는 않더라도 그럭저럭 아름답다. 저주는 풀렸다. 완전히 풀리지는 않았을지라도. 나는 이제 하느님을 믿지 않아도 될 것 같다. 돌이켜보면 내가 정말 독실한 신자였던 적은 없는 것 같다. 나는 성모 마리아의 무염시태도 예수님의 부활도 굳게 믿지는 않았다. 세상 모든 사람들의 원죄라는 것도 이해할 수 없을 때가 많았다. 구약성서의 「창세기」란 그저

동(東)지중해 지역의 신화일 뿐인지도 모른다는 생각을 하곤 했다. 아니, 내가 지금 무슨 말을 하는 거지? 하느님께 무슨 벌을 받으려구. 갑자기 마음 깊은 곳에서 두려움이 솟는다. 그러나 나는 오늘 아침에 지현이랑 얘기를 나누면서, 내가 진화론자라는 것을 인정할 수밖에 없었다. 하기야 나는 젊은 시절 잠시 생물학도이기도 했었지. 아, 그게 뭐 중요한 일이란 말인가? 내가 지금 행복한데. 세상을 하느님이 만드셨든 그렇지 않든 그게 뭐가 중요한가? 그 하느님이라는 설계사가 눈이 멀었든 멀쩡했든 그게 뭐가 중요한가? 내가 지금 이리 행복한데. 나는 지현이를 끌어안아 볼을 부비며 행복에 겨워 외쳤다.

"어이구, 이쁜 내 사랑, 순금 같은 내 손녀! 우리 이쁘둥이!"

야들야들한 지현이의 볼에 내 뻣뻣한 볼을 부비니, 그 몰캉한 작은 몸을 그러안으니, 내 늙은 몸에 환희라 할 만한 육정이 찌릿하게 퍼졌다. 문득 가슴 한구석이 뜨거웠다.

민희, 내 딸의 친구이자 사위의 누이. 이 나이가 돼도 생은 알 수 없는 일투성이다. 반 이상 죽음에 몸을 담그고 있던 나는 이렇게 살아 있는데, 운명의 온갖 호의를 받고 태어난 듯한 그 싱싱하던 아이는 세상을 등졌다.

현주가 중학생이 된 해 봄이었다. 유난히 기분이 가라앉은 날이었다. 그날따라 서점에 손님이 많이 다녀갔다. 잡지대에 신간 잡지들을 힘겹게 정리해놓고 의자에 앉아 까무룩 서가를 노려보고 있을 때, 산들바람처럼 문이 열리고 현주가 들어왔다. 뒤따라 들어온 애가 민희였다.

"엄마, 내 짝 민희."

생글생글 웃으며 민희가 고개를 숙여 인사했다.

"안녕하세요?"

"어, 안녕? 어서 와라. 네가 민희구나. 현주한테서 얘기 많이 들었어."

민희는 어느 자리에서고 한눈에 띄는, 한번 보면 잘 잊히지 않을 그런 아이였다. 총명해 보이고 예쁜 소녀. 하얗고 맑은 얼굴빛이 영롱했다.

"우리 반에서, 아니 우리 학교에서 수학 제일 잘해!"

현주가 자랑스레 소개했다.

"너보다 더?"

나는 속으로 좀 놀랐지만 웃으며 물었다.

"응."

수학이라면 제가 제일 좋아하고 잘하는 과목이었기 때문에, 현주가 시기하지 않고 아무렇지도 않게 말하는 게 신기했다.

"아니에요. 현주가 더 잘할 때도 있어요."

민희가 수줍게 웃으며 한 손을 저었다. 목이 가늘고 길어서인지 어린 나이에도 태가 우아했다. 민희 아버지는 출판사를 경영하고 어머니는 고등학교 교사라고 했다. 남동생이 하나, 여동생이 둘이라고 했다. 현주는 자주 민희네 집에 드나들었다. 거기서 현주는 유복하고 온전한 가정의 곁불을 담뿍 쬐는 듯했다. 둘이 단짝 친구로 지내는 것은 흐뭇한 일이었지만, 현주가 민희에게 애착이 심한 게 아닌가 싶어 슬그머니 걱정스럽기도 했다. 현주의 삼학년 때 담임교사도 그런 걱정을 내비쳤던 모양이다.

"왜 민희하고만 친하게 지내니? 네가 다른 친구들도 사귀었으면 좋겠다."

그 담임교사는 민희에게도 현주를 위해 좀 거리를 두라고 타일렀던 모양이다. 현주가 한동안 풀이 죽어 있었다. 민희가 다른 애들과 더 친하다고 현주가 징징거렸을 때, 속 깊고 의젓한 내 딸아이의 그런 모습을 보는 게 속상하고 힘들었다. 그즈음 어느 날인가 퇴근해 집에 돌아갔더니 거실 소파에서 현주와 민희가 꼭 끌어안고 잠이 들어 있었다. 아름답고 섬뜩한 광경이었다. 두 팔은 서로의 허리에 휘감겨 있고 살짝 치켜든 민희의 턱 아래 현주는 얼굴을 파묻고 있었다. 물론 사춘기 소녀들의 배타적 우정이 지나치면 동성애 성향을 보일 수도 있다는 것을, 그게 자연스런 현상이라는 것을 알고는 있었지만 둘을 내려다보며 나는 가슴이 철렁했다. 현주와 민희의 정은 우정 이상의 것이었던 걸까? 다 지나간 일이다.

내가 지현이를 으스러져라 껴안으며 진저리를 치자, 아이의 웃음소리가 내 품안에서 비눗방울처럼 퍼졌다.

한지현(2006~)

내게 동생이 생긴단다. 엄마 배가 불룩 나왔다. 남자동생일지 여자
동생일지 궁금하다. 엄마한테도 아빠한테도 물어보았는데, 다 모른다
고만 말한다. 동생이 생기면 우리 식구는 다섯이 된다. 다섯? 다섯 맞
나? 어디까지가 식구지? 친구아이들이 내게 식구가 몇이냐고 물어보
면 넷이라고 대답하긴 한다. 나, 외할머니, 엄마, 아빠 해서 말이다.
예전에 아빠한테 물어본 적이 있다.

"아빠, 우리 식구는 몇 사람인 거야?"

아빠는 조금 생각해보더니 "네 사람이지"라고 말했다.

"너랑 엄마랑 외할머니랑 아빠랑 말이야."

나는 오랫동안 궁금했던 것을 아빠한테 물었다.

"그런데 친할머니랑 친할아버지, 영미 고모랑 민주 고모는 왜 식구
가 아니야?"

아빠는 다시 생각하는 표정을 짓다가 이렇게 말했다.

"식구라구두 할 수 있지. 외할머니는 엄마의 엄마잖아. 그거랑 똑같이 친할머니도 아빠의 엄마고 친할아버지도 아빠의 아빠니까 식구라구두 할 수 있겠지. 또 너한테 동생이 생기면 그 동생도 우리 식구일 거 아냐? 영미 고모랑 민주 고모도 아빠 동생이니까 우리 식구일 수도 있겠지. 그렇지만, 함께 살지는 않잖아. 식구는 함께 살아야 하는 거 아닌가? 진짜 식구라면 말이야."

"그럼 진짜 식구들은 꼭 함께 살아야 하는 거야? 만약에 엄마랑 나랑 따로 살면 진짜 식구가 아닌 거야?"

"어이구, 우리 지현이가 굉장히 어려운 걸 물어보네. 너랑 엄마랑 따로 살아도 엄마랑 너랑은 진짜 식구야. 너랑 아빠랑 따로 살아도 너랑 아빠는 식구구. 그런데 우리 지현이가 어른이 될 때까진 그런 일이 없을 거야. 우리 식구는 늘 함께 살 거야. 그러고 보니 아빠가 처음에 생각을 잘못한 것 같다. 친할머니, 친할아버지, 영미 고모, 민주 고모도 다 우리 진짜 식구들이네."

"그럼 우리 식구는 여덟 사람인 거야?"

"그렇게 생각할 수도 있겠네. 그렇지만 식구들은 보통 같이 살지. 나중에 영미 고모나 민주 고모한테도 딸이 생길 수 있고, 그 딸들한테도 또 딸이 생길 수도 있고, 이렇게 사람들이 많이 늘어나면 식구가 너무 커질 거 아냐. 그런 사람들을 다 식구라고 부르는 건 좀 이상하지 않니?"

"그럼, 그런 사람들은 뭐라고 불러?"

"친척이라고 부르지."

"그럼 영미 고모는 식구고 영미 고모 딸은 친척인 거야?"

"점점 더 어려워지네. 영미 고모는 식구라고 할 수도 있고, 친척이라고 할 수도 있지. 그렇지만, 영미 고모 딸은 친척이라고 불러야 할 거야."

"나는 잘 구별이 잘 안 되는데. 무슨 말인지 모르겠어."

"아빠도 그렇단다, 지현아. 세상에는 잘 모르겠는 것들이 많아. 왜 하필이면 캥거루 아랫배에 주머니가 달려 있는지, 두더지는 왜 굳이 땅속에서 사는지 그런 것들. 식구와 친척을 어떻게 구별하느냐 하는 것도 그런 것들처럼 어려운 문제야. 지현이가 어른이 되고 공부를 많이 하면 잘 알게 되겠지."

"아빠는 어른인데도 잘 모르잖아."

"그건 아빠가 바보라서 그래. 우리 지현이는 다 알 수 있을 거야."

"나는 아빠 딸인데, 아빠가 바보면 나도 바보 아닌가?"

"엄마가 바보 아니잖아. 넌 엄마 반, 아빠 반인 거고."

그래서 나는 며칠 뒤 바보가 아닌 엄마에게 똑같이 물어보았다. 그런데 바보가 아닌 엄마는 나를 더 바보처럼 만들었다.

"엄마, 우리 식구가 몇 사람이야?"

"응, 여덟 사람이지. 너, 엄마, 아빠, 외할머니, 친할머니, 친할아버지, 민주 고모, 영미 고모 이렇게 해서."

"민주 고모랑 영미 고모는 친척 아냐?"

"우리 지현이가 친척이란 말도 아네! 그렇지만 민주 고모는 아빠 동생이니까 아빠 식구고, 넌 아빠 딸이니까 아빠 식구고, 그러니까 민주 고모는 식구의 식구잖아. 그러니까 식구지."

"식구의 식구는 식구인 거야?"

"그렇지."

"영미 고모가 딸을 낳으면, 또 민주 고모가 나중에 딸을 낳으면, 개들도 다 식구야?"

엄마는 잠깐 생각을 해보더니 대답했다.

"식구이기도 하고 친척이기도 하지."

"에이, 그런 게 어딨어?"

"그런 게 어딨긴, 여깄지. 우리 지현이가 생각이 깊구나."

엄마는 내 왼쪽 볼에 입을 맞췄다. 이젠 그만 물어보라는 뜻인가보다. 그렇지만 나는 아빠와의 대화를 떠올리며 또 물었다.

"식구는 같이 살아야 하는 거 아냐?"

"꼭 그렇지는 않단다. 아빠는 할아버지 아들이지? 그러니까 식구지? 그래도 따로 살잖아."

"고모들도 그렇단 말이지?"

"그렇지."

"그러면 고모가 딸을 낳고 그 딸이 또 딸을 낳아도 다 식구일 거 아냐? 따루 산다구 하더라두. 고모랑 고모 딸이랑 식구고 고모 딸이랑 고모 딸의 딸이랑도 식구니까. 근데 왜 엄만 아까 그 아이들이 우리 식구이기도 하구 친척이기두 하다구 그랬어?"

"음, 고모의 딸이 또 딸을 낳으면 그 아이는 친척이라고 하는 게 좋겠다."

나는 답답해져서 또 따졌다.

"식구의 식구는 식구라고 엄마가 말했잖아? 고모가 우리 식구면 고모 딸도 우리 식구일 거구, 고모 딸이 우리 식구면 고모 딸의 딸도 우리 식구일 거 아냐."

"음, 꼭 그런 건 아닌 것 같네."

"내가 나중에 커서 엄마처럼 딸을 낳으면 걘 식구야?"

"당연하지. 우리 지현이 딸은 엄마 식구구 아빠 식구고 할머니 할 아버지 식구지."

"외할머니 식구, 아니면 친할머니 식구?"

"두 분 다의 식구지."

"그럼 걔 딸은?"

"엄마두 잘 모르겠다."

"엄마두 바보구나."

엄마도 바보고 아빠도 바보니, 나도 바보일 수밖에 없겠다. 곧 태어 날 내 동생도 바보겠지. 우린 바보 가족이네. 그런데 오늘 아침 잠에 서 깨어났을 때, 어쩌면 외할머니는 바보가 아닐지도 모른다는 생각 이 들었다. 그래서 외할머니 방으로 쪼르르 건너갔다.

"할머니, 우리 식구가 몇 사람이야?"

"왜 갑자기 그런 건 물어봐? 몰라서 물어보는 거야?"

"응, 몰라서."

"그래? 생각해보자. 네 사람일 수도 있고, 여덟 사람일 수도 있고, 더 많을 수도 있지."

"세상에 그런 게 어딨어?"

"응, 식구들 중에도 가까운 식구도 있고, 좀 먼 식구도 있고, 아주 먼 식구도 있으니까 그런 거야."

"아주 먼 식구? 그게 뭐야?"

"응, 따지고 보면 세상에 살고 있는 사람들은 다 우리 식구지."

"그게 무슨 말이야?"

"위로 위로 올라가보면 조상이 똑같을 테니까."

"단군 할아버지 말하는 거야?"

"단군 할아버지도 그렇고, 또 더 위로 위로 올라가면 세상 사람들 모두의 할아버지나 할머니가 있을 거 아냐?"

"응, 그렇구나. 사람들은 모두 식구구나. 그럼 저기 경비 할아버지도 식구고 만둣집 아줌마도 식구고 응, 응, 다 식구네?"

"그렇지."

"유치원 선생님도 식구고 은미도 식구고 봄이도 율이도 식구네?"

나는 신이 나서 소리쳤다.

"그렇지, 그렇지. 그런데 사람들만이 아니란다. 원숭이, 고양이, 개, 사자, 참새, 꽁치, 소나무, 대나무, 장미꽃 이런 것들도 따지고 보면 다 식구란다."

웃음이 터져나왔다.

"꽁치나 장미꽃이 우리 식구라구?"

"그럼, 그런 것들도 우리랑 조상이 똑같거든. 지현이의 엄마의 엄마가 이 할미지? 그런데 이 할미의 할미의 할미의 할미의 할미가 있을 거 아냐. 그런 식으로 수천만 명의 할미를, 어쩌면 그보다 훨씬 더 많은 할미를 따라 올라가면 하나의 조상이 나오지. 그 조상은 우리 지현이의 조상이기도 하구, 소나무의 조상이기두 하지."

"하느님 말하는 거야?"

"응, 하느님일 수도 있구. 아니, 하느님은 아닌데, 그래, 하느님이라구 하자. 아무튼 세상에 살아 있는 것들은 다 한 조상에서 갈라져 나왔단다."

"꽁치랑 내가?"

나는 다시 웃으면서 물었다.

"그렇다니까."

"그러면 그 첫번째 할머니랑 할아버지는 누군데?"

"그때는 할머니랑 할아버지가 한 몸이었어. 그래서 할머니라고도 할 수 없구, 할아버지라구두 할 수 없어."

"그분이 언제 살았는데?"

"글쎄, 그건 이 할미도 잘 모르겠다. 몇십억 년 전쯤?"

"몇십억 년?"

나는 몇십억이라는 수의 크기를 짐작할 수 없었지만, 그것이 무지무지하게 큰 수인 건 확실하다.

"아마 그럴 거야. 어쩌면 그전일지도 모르고."

나는 할머니 말씀을 잘 알아들을 수 없었다. 그렇지만, 할머니는 바보가 아닌 것 같았다. 설령 바보라 할지라도 엄마나 아빠만큼 바보는 아닌 것 같았다. 그렇지만 꽁치가 내 식구라구? 어떡하지…… 나 꽁치구이 좋아하는데……

한민희(1977~2006)

_1990년 8월 25일

김용철 선생님이 우리 학교 수학선생님이었으면 좋겠다. 수학을 너무너무 재미있게 가르치신다. 머리에 쏙쏙 들어온다.

"진짜 실력 있는 분이신 모양이구나. 고등학교에 나가시니?"

아빠가 물으셨다.

"모르겠어요. 실력만 있으신 게 아니라 굉장히 자상하고 꼼꼼하세요."

내 대답에 엄마는, 그렇게 실력 있는 사람이 왜 동네 단과반 학원에서 중학생한테 수학을 가르치고 있을까 궁금해했다.

"젊은 사람이니?"

"아뇨. 할아버지, 는 아니고요, 쉰 살은 넘으신 것 같아요."

네모진 얼굴에 뚱뚱한 김용철 선생님 모습을 떠올리니 웃음이 난다. 겉모습만으로는 그분이 그렇게 훌륭한 수학선생님인 줄 아무도 짐작하지 못할 것이다. 선생님 덕분에 방학 동안 내 수학 실력이 부쩍 늘었다.

_1991년 5월 5일

온 가족이 놀이동산에 가서 어린이날을 보내는 동안, 하루 종일 집에서 뒹굴거리며 수학문제집을 풀고 놀았다. 시간 가는 줄 몰랐다. 이렇게 풀까, 저렇게 풀까 궁리한 끝에 가장 간결한 공식을 써서 답을 딱 찾아내면, 가슴이 뻥 뚫리면서 환호성이 절로 나온다. 수학이 너무 좋아!

엄마 아빠는 내게 의대를 목표로 삼으라지만, 나는 의사 되는 것에 흥미 없다. 천문학을 공부하면 어떨까 싶다. 우주의 수수께끼를 풀고 싶다. 아까 밤에 아빠하고 민형이하고 셋이 옥상에 올라갔다 왔다. 아빠는 천체망원경을 설치하시다 피곤하다며 평상에 벌렁 누워 잠드셨다. 할 수 없이 쌍안경으로 관찰했다. 운 좋게, 고리가 선명한 토성을 봤다. 토성은 동남쪽 방향이다. '은성교회 십자가와 양생당 한의원 사이'라고 아빠가 쉽게 일러주셨다. 민형이는 달을 가장 좋아한다. 다른 천체에는 흥미를 보이지 않는다. 그렇지만 여름철의 남두육성(南斗六星)이 아로새겨진 데가 궁수자리라고 아빠가 가르쳐주신 뒤에는 그 별들도 좋아한다. 민형이 생일 별자리가 궁수자리라고 알려준 건 나다.

"누나는 무슨 자리야?"

"난 물고기자리."

물고기자리라는 말을 듣고 민형이는 헤헤 웃었다. 물고기자리에는 해왕성이 있다. 지난가을에 아빠가 도와줘서 한 번 본 해왕성은 쌍안경으로 잡기 힘들다. 시골집(우리 식구들이 '혜성'이라고 부르는)에 가고 싶다. 시골 밤하늘에는 맨눈에도 별이 가득하다. 그 별들이 쏟아져 내리는 것만 같다. 아빠는 서울 하늘이 빛으로 오염돼 있다고 하셨다.

_1991년 5월 25일

종례시간에 담임선생님이 당부하셨다.

"너네들. 그럴 시간도 없겠지만, 시내에 나다니지 마라."

유서대필이니 분신자살이니 사회가 혼란스러운 것 같다. 학원 선생님들도 공부 끝나면 얼른얼른 집에 들어가라고 이르셨다. 9시 뉴스에 시위현장이 나왔다. 대규모 시위라고 했다. 아빠 회사도 최루탄 가스 때문에 창문을 못 열어놨다고 하신다. 텔레비전을 보며 아빠가 무겁게 말씀하셨다.

"애들이 많이 다치지 말아야 할 텐데…… 걱정이야."

엄마도 안경을 벗어놓으며 한숨을 쉬셨다.

"부모들이 얼마나 속 터질까? 아휴, 웬 난리인지. 뒤숭숭해 죽겠네."

엄마가 뉴스시간에 안경을 쓰는 건 드문 일이다. 강경대, 박승희,

박홍, 백골단, 김귀정, 성균관대, 연세대, 명지대…… 아빠 엄마 대화를 듣다가 "아빠, 박홍 총장 이상한 사람이죠?"라고 내가 묻자, 아빠는 난처한 얼굴이 됐다. 그러더니 쉽게 대답할 수 없는 질문이라고 하셨다.

사회문제에 관심이 많은 지혜는 "미친 놈, 나쁜 놈!"이라고 했다. 오늘 가정시간에 선생님이 박홍 총장이 했다는 말을 들려주며 주위의 빨갱이들을 조심하라고 하자, 지혜가 벌떡 일어나 따졌다. 선생님은 지혜를 마구 야단치면서 부모님이 뭐하는 분이냐고 물었다. 지혜는 입을 꾹 다물고 자리에 앉아 씨근거렸다. 선생님은 지혜 부모님 직업 얘기를 왜 꺼내신 걸까? 지혜네 엄마 아빠는 학교 앞에서 만둣가게를 하신다. 지혜 언니도 지혜처럼 똑똑하다. 우리 중학교와 동계인 고등학교의 부회장이고, 공부도 전교에서 일이 등을 다툰다. 나도 언니가 있었으면 사회가 어떻게 돌아가는지 지금보다 잘 알 텐데.

_ 1991년 6월 30일

현주와 우리 집에서 기말고사 공부를 한다. 우리 중학교를 나온 지혜 언니의 빵빵한 사제(私製) 기출문제집이 탐나서 지혜와도 함께 하고 싶었지만, 현주는 지혜가 수다스러워 공부에 방해가 될 거라며 반대했다. 아, 영어문제지만이라도 보고 싶어!

현주와 워크맨 이어폰을 귀에 나눠 꽂고 야식을 먹을 때 현주가 감동한 목소리로 "이 노래 좋다!"고 속삭였다.

"폴 사이먼이 부르는 〈던컨〉이야."

"되게 좋은데!"

그래서 나는 팝송 전문지에서 읽은 번역 가사 앞부분을 현주에게
들려줬다.

옆방의 커플은

틀림없이 상을 탈 거야

밤새 그짓을 하고 있으니

어쨌든 난 잠을 자려 애써보지만

이 모텔의 벽은 싸구려거든

링컨 던컨이 내 이름이야

지금부터 내 노래를 들려줄게.

현주는 배를 쥐고 웃었다.

"그짓?"

현주하고 있을 때만은 다소 야한 얘기를 입밖에 낼 수 있다. 우리는
가사를 더 상스럽게 고치며 까르르 까르르 숨넘어가게 웃었다.

"옆방 연놈들 쿵쿵따 쿵쿵따/잘한다 잘해 쿵쿵따 쿵쿵따/밤새 난
리가 났네 쿵쿵따 쿵쿵따/잠 좀 자자 잠 좀 자 쿵쿵따 쿵쿵따."

"뭐가 그렇게 우스워?"

민형이 목소리에 우리는 흠칫 놀랐다. 민형이가 주방 앞에 서 있었
다. 저애가 어디서부터 들었을까? 나는 얼굴이 달아올랐다.

"왜 깼니? 목마르니?"

"아니, 불이 켜져 있길래 와봤어."

민형이는 멍하니 서 있다가 휘적휘적 계단을 올라갔다.

"민형이 정말 똘망똘망 잘생겼다! 나도 저런 동생 하나 있으면 좋겠어."

현주가 민형이한테서 눈을 떼지 못하고 말했다.

"어렸을 때는 더 예뻤어. 어린 왕자 같았어."

민형이가 초등학교 일학년 때까지 엄마와 아빠가 부부, 자기와 내가 부부, 그렇게 알고 있었다는 얘기를 들려주자 현주는 "귀여워!" 외치며 깔깔댔다.

_1991년 10월 31일

샛별출판사에서 주관한 전국 학생 한글날 기념 글짓기대회에서 지혜네 언니가 최우수상을 받았다. 지혜는 중등부 금상, 현주는 동상, 나는 은상을 받았다. 우리 학교 학생들이 대회를 휩쓸다시피 했다고 국어선생님이 기뻐하셨다. 내가 제일 잘난 줄 아시는 엄마는 좀 실망하신 듯하다. 엄마는 내게 욕심이 많으시다. KBS 〈중학생 퀴즈〉에 나간 지혜가 월말 장원에서 떨어졌을 때도 "우리 민희라면 연말 장원도 거뜬히 해냈을 텐데"라고 아쉬워하셨다. 사실 담임선생님이 〈중학생 퀴즈〉에 나를 추천하셨지만, 아빠가 그런 프로는 사행심을 조장한다며 나가지 말라고 하신 건데.

대입 학력고사가 없어지고 수능이 도입된다고 한다. 이제 학교 교과만 파고들어서는 안 되고 폭 넓게 공부해야 한다고 선생님마다 말씀하신다. 나는 우리 학교가 좋다. 고등학교도 우리 학교로 배정받았으면 좋겠다. 현주도 지혜도 함께 말이다.

_ 1992년 6월 7일

종례시간을 마친 담임선생님이 교실을 나서기 전에 내게 교무실로 오라 하셨다.

"별일은 아니고……"

교무실에 가자 선생님은 망설이시며 말씀하셨다.

"현주가 너 말고 누구랑 친하니?"

현주와 컴퓨터 동아리를 함께 하는 지은이가 떠올라 김지은이라고 말씀드렸다.

"김지은이랑 현주랑 많이 친하니?"

"네."

선생님은 고개를 끄덕이시더니 이상한 말씀을 하셨다. 현주가 내게 걱정스러우리만치 집착하는 것 같다며, 현주를 위해서라도 함께 보내는 시간을 줄이라는 것이다.

"민희는 친구 많지? 현주 말고도."

"네. 그래도 현주랑 제일 친해요."

"아휴 참, 민희는 언제 봐도 얼마나 이쁜지. 한창 이쁠 나이야. 부럽다, 얘!"

선생님은 웃으시며 내 옷소매를 손톱 끝으로 톡톡 튕기신 뒤 가보라고 하셨다. 교실로 돌아가자 현주가 불안한 눈빛으로 나를 바라보았다. 나도 모르게 눈길을 피했다가 얼른 다시 쳐다봤는데 현주가 홱 고개를 돌렸다. 그러고는 내게 아무 말도 없이 혼자 가방을 챙겨들고 나가더니 학원버스에서도 내 옆에 앉지 않았다. 나도 나대로 선생님 말씀이 마음에 걸려서 선뜻 현주에게 다가가지 못했다. 현주에게 어쩐지 미안하다.

_ 1992년 6월 21일

수업이 끝나고 지혜와 봄이와 정은이와 학교 식당에서 짜장면을 먹고 있는데 현주가 다가왔다. 반가워서 "짜장면 먹을래?" 하고 젓가락을 내밀었는데 현주는 비웃는 얼굴로 내 귀에 대고, 그러나 모두에게 들릴 정도로 크게 "역겨워!"라고 내뱉고는 가버렸다.

"어머, 쟤 뭐니?"

다들 어이없어했다. 나도 화가 났다. 정말 현주와 정식으로 절교를 해야겠다. 내가 대체 뭘 잘못했단 말인지! 지난 수학시간에도 선생님이 황금비를 설명하다가 내 생김새를 예로 드는 바람에 나를 포함해 다들 까르르 웃었는데, 그 가운데서 현주는 유독 이상한 웃음소리를 크게 냈다. 미쳤나보다. 사춘기라서 그런가…… 아니면, 나도 모르는 새 내가 현주한테 잘못한 게 있는 걸까. 나도 화났다구!

_1992년 7월 1일

오늘은 개교기념일에다 현주 생일이었다. 현주 어머니께서 전화를
하셨다.

"왜 통 안 놀러 오니?"

나는 현주 어머니가 좋다. 지적이고, 어딘지 허무한 분위기가 멋있
으시다. 사실을 털어놓을까 말까 망설이는데 현주 어머니가 말씀하
셨다.

"현주가 두통이 심해서 학원 빠지겠대. 오늘이 현주 생일인데, 학
원 가기 전에 시간 낼 수 있으면 집에 좀 들를래? 내가 음식도 좀 마
련해놨는데."

현주 생일인 걸 깜빡 잊은 게 민망해서 얼른 가겠다고 말씀드렸
다. 현주는 비디오폰으로 나를 확인하고도 한참이나 문을 열어주지
않았다.

"나, 그냥 간다!"

내가 화가 나서 통고하자 그제야 문을 열었다.

"왜 왔니?"

현주는 벽 쪽으로 고개를 돌린 채 퉁명스레 물었다.

"너, 내 얼굴도 안 보네! 대체 왜 이러는 거니?"

"내가 뭘?"

현주는 소리를 꽥 지르고는 성큼성큼 걸어 화장실로 들어갔다. 안
에서 물 쏟아지는 소리가 들렸다. 괜히 왔다는 생각이 들었다. 탁자에
생일케이크와 선물을 내려놓고 소파에 앉았다. 소파 귀퉁이에 현주가

흘려놓은 워크맨·이어폰에서 가냘프게 음악소리가 새어나왔다. 〈던 컨〉이었다. 그뒤 두 곡이 더 끝나도록 현주는 나오지 않았다. 나는 화 장실 문 앞에 붙어서서 현주를 불렀다.

"나, 갈게. 잘 있어. 생일 축하해."

그리고 돌아서는데 현주가 비명을 지르더니 울음을 터뜨렸다. 나는 뒤돌아서 화장실 문을 열었다. 현주는 수돗물이 넘치는 세면대를 탕 탕 두드리면서 울부짖었다. 나는 다가가 현주를 두 팔로 감싸안았다. 현주는 그 자세 그대로 벌벌 떨면서 울었다.

"이 배신자! 배신자! 지혜하고 그렇게 붙어다니고!"

지혜는 워낙 찰싹 붙기를 좋아한다. 손을 잡거나 팔짱을 끼거나.

"울지 마, 울지 마, 울지 마, 현주야."

나는 현주를 돌려세워 이마에 입을 맞췄다. 현주는 나를 꼭 끌어안 더니 내 입술에 자기 입술을 댔다. 아기처럼.

_ 1992년 9월 11일

추석이다. 성묘를 다녀온 뒤 저녁에 현주네에 놀러 갔다. 우리 집 에는 명절이면 선물이 많이 들어온다. 엄마가 선생님인 덕이다. 베란 다에 쌓인 선물 중에 배상자를 갖고 가고 싶었는데, 엄마 말씀이 배는 아빠가 좋아하시는 거라며 사과로 갖고 가라셨다. 식혜랑 송편이랑 갈비찜도 한 보따리 싸서 엄마가 차로 실어다주셨다. 영미가 따라오 고 싶어해서 데려가려 했는데, 언니들 노는 데 방해된다며 엄마가 말리셨다. 나도 엄마와 동감이었지만, 오늘만큼은 영미와 놀아주고 싶었다. 추석빔으로 엄마가 백화점에서 나와 민형이와 민주 옷만 장만해줬기 때문이다. 영미한테는 민주 옷장에 있던 원피스를 한 벌 꺼내주셨다. 한 번도 안 입은 메이커 원피스라고는 하는데, 영미 얼굴이 흐려서 내 마음도 안 좋았다.

_ 1993년 12월 9일

아, 우리 엄마 정말 왜 그러실까?

민형이가 화났다. 민형이 반 친구가 놀러 왔는데 밥상을 허술히 차려주신 것이다. 냉장고에 맛있는 걸 잔뜩 두고도. 가끔 엄마는 이해할 수 없이 인색하시다.

"이렇게 늦은 시간에 저녁도 안 먹고 다니니? 오늘 우리 식구가 외식을 해서 반찬을 안 했는데."

구차하게 그런 변명을 하면서까지 왜 그러실까? 오늘 온 민형이 친구는 처음 보는 애다. 몸집이 아주 작고 말랐지만 안경 너머로 까만 눈이 영리해 보이고 성격이 쾌활했다.

온 식구가 밖에서 저녁을 먹고 온 뒤이긴 했다. 엄마는 뷔페식당에도 영미를 안 데려가고 싶어하셨다. 영미가 양이 적어서 호텔 뷔페값이 아깝다는 게 이유였다. 그렇다면 민주도 마찬가지고, 나도 마찬가지다.

민형이는 중학생이 되더니 의젓해졌다고나 할까, 말수가 줄었다.

194

생일 축하해, 민형아!

_1993년 12월 15일

순철이 오빠, 올해는 꼭 대학에 가야 할 텐데 걱정이다. 지금 삼수중
인데, 집에서 생활비도 잘 안 대주는 모양이다. 화실에서 먹고 잔다.
"민희야, 김치라도 좀 갖다다오" 해서 내가 틈틈이 먹을 거를 날라
다준다.
"넌 차갑게 생긴 애가 참 마음이 따뜻하다."
순철이 오빠는 다른 사람들한테 나를 자기 애인이라고 소개한다.
그러면 다들 믿지 않는 얼굴로 웃는다. 내가 순철이 오빠 애인인가?
두 번 뽀뽀한 적이 있긴 하다만…… 잘 모르겠다. 오빠는 재밌는 사
람이다. 재능이 없지는 않은데 기본이 탄탄하지 않다고, 연습, 또 연
습하라고 화실 선생님이 '혀가 닳도록' 말해도 소용없다. 이번에도 대
학을 못 가면 입대할 거라면서 기타 치고 술만 마신다. 미대에 가려면
입시전문학원에 다녀야 하는데, 그럴 돈이 없단다. 걱정이다.
"넌 참 여유만만이다. 화실 다닐 시간도 있고."
며칠 전 지혜가 핀잔인지 부러움인지 알 수 없는 말투로 내게 말했
다.
"잠깐인걸 뭐. 크로키 배우는 거 재밌어."
아빠와 엄마는 신년을 하와이에서 맞으실 예정이다. 민주와 함께.

_ 1994년 8월 7일

하루하루 더워진다. 내 평생 제일 더운 여름이다. 민형이와 둘이 혜성에 와 있다. 다른 가족들은 아빠 일이 끝나는 대로 동해 쪽에 가서 며칠 묵은 뒤 이리 오기로 했다.

수학문제집을 들고 개울가로 내려가니 민형이가 햇볕 쨍쨍한 너럭바위에 누워, 읽던 책으로 얼굴을 덮고 잠들어 있었다. 내가 책을 집어올리자 눈을 뜬 민형이가 눈살을 찌푸리고 웃으며 손으로 햇빛을 가렸다. 내 동생이지만 민형이는 정말 눈이 부시다. 아름답다.

"화상 입겠다."

"아까는 그늘이었어."

아름드리 이팝나무가 너럭바위에 드리웠던 그늘을 물살에 헹구는 중이다. 내가 풀밭에 돗자리를 펴고 앉자, 민형이가 내 옆에 털썩 보던 책을 던졌다. 『15세기 국어형태론』?

"너, 이런 책이 정말 재밌니?"

"응."

"이상한 애야."

"누나는 어떻구?"

우리는 피식거리며 서로를 비웃어주었다. 그리고 돗자리에 엎드려서 각자의 책에 빠져들었다.

_ 1994년 8월 9일

저녁으로 스파게티를 만들어 먹었다. 면만 삶아서 인스턴트 소스를
부은 거지만 맛있었다. 민형이가 컴퓨터게임에 빠져 있는 듯해 혼자
뜰에 나가 담배를 피우고 있다가 "허!" 소리에 뒤돌아보니 민형이가
현관에 서 있다. 내가 손끝을 까딱하자 민형이가 다가왔다.

"너도 한 대 피울래?"

"아니."

나는 민형이 콧등에 담배연기를 뿜었다.

"냄새 좋은데?"

민형이가 허리에 손을 얹고 몸을 굽혀 담배연기에 얼굴을 묻었다.
눈을 감고는 킁킁 냄새를 맡았다. 나는 킥 웃으며 민형이 입술에 입을
맞췄다.

"왜?"

민형이가 어색하게 웃으며 물었다.

"왜는. 그냥. 오누이끼리 키스를 하는 건 어떤 기분일까?"

"어, 글쎄……"

나는 당황하는 민형이 얼굴을 살포시 끌어당겨 길게 입을 맞췄다.
민형이 입술이 살짝 벌어지더니 이가 내 입술에 부딪쳤다. 혀와 혀가
맞닿았다.

"어땠니?"

"아…… 음…… 어지러운데…… 누나는?"

"나도."

바르르 떨리는 민형이의 여린 입술을 나는 한 손가락으로 쿡 누른 다음, 그 안으로 담배연기를 훅 불어주었다. 아마도 나는 키스를 좋아 하는 것 같다.

상현달이 희미한 달무리를 두르고 높이 떠 있다.

_1996년 1월 4일

연우도 나와 같은 학교에 합격했다. 입학금만 해결되면 아르바이트 를 해서 학교를 마칠 수 있을 텐데. 나는 사 년 장학생으로 뽑혀 등록 금이 안 들어가니까 아빠가 흔쾌히 허락하실 줄 알았다. 나로서는 태 어나 처음으로 아빠 앞에서 울기까지 했는데 소용없었다. 연우 부모 님한테 양해를 구할 일이기도 하고, 또 연우가 장녀이기 때문에 당장 돈을 벌어 가계를 도와야 마땅할 거라 하셨다. 공부는 나중에라도 할 수 있다고도 하셨다. 인생이 참 슬프다. 연우 가엾어서 어떡해. 미안 해, 연우야. 괜히 내가 연우한테 기대만 잔뜩 갖게 하고, 부끄럽고 속 상하다. 연우는 백화점 안내데스크에 취직이 됐다.

_2006년 6월 7일

이 우주에서 이런 일쯤 아무것도 아니다. 내가 재벌이나 왕가의 일 원이었다면 이 '별남'은 오히려 권위가 됐을 것이다. 그러나 이제 알

겠다. 내가 뭇사람의 하나일 뿐이라는 것을. 아니 이제 나는 뭇사람조
차 아니다. 아빠의 여신이었던 내가!

  _ 2006년 7월 9일

  나는 가족을, 엄마를, 세상 전부를 속일 수 있다. 그런데 민형이만
은 속이지 못했다. 민형이에게 절대 사실을 알리지 않으려고 했는데,
얘가 알아채고 말았다.
  사실을 털어놓는다는 게 제 마음 편하자는 이기심에서 나오는 행위
일 수 있다.
  두 시간 동안 쌍안경으로 토성을 봤다. 혜성에서 바라보는, 머나먼
토성.

  _ 2006년 8월 8일

  민형이가 저지른 짓을 이해할 수가 없다. 민형아, 넌 마치 신이라도
된 듯, 왕이라도 된 듯 강하고 뻔뻔스럽구나! 머리가 어찔어찔하다.
왜 내게 의논 한마디 없이 그랬니? 그래서 뭐가 좋아진 거니? 나빠질
일뿐이잖아. 너는 항상 거침없고 솔직했지. 아무것도 숨기지 못했지.
하지만, 거짓의 막을 겹겹 뒤집어쓰고 무덤까지 가는 게 우리에게 내
려진 벌이 아니었을까? 그걸 식구들한테 떠넘겨서는 안 되는 거였어.

아니, 나는 그저 혼란을 피하고 싶었던 것뿐일까. 식구들의 경악을, 그뒤의 어색함과 내 몰락을 피해볼 생각이었을까. 비밀의 여왕이 되어, 모든 이를 속이고 운명을 갖고 놀 참이었던가……

민형이, 넌 강한 애다. 아, 그래서, 이게 뭐니? 이제 나는 어떡하면 좋으니? 나는 너처럼 태연자약할 수가 없어. 어쩌면 좋을까…… 엄마는 차마 내 얼굴을 마주 보지 못하셨다. 보려 하지 않으셨다. 엄마는 화장기 없는 얼굴로 허청거리며 들어와 의자에 앉았다가 이내 일어나 거실을 서성거리더니, 물 한 잔 마시지 않고 그대로 떠나셨다. 아무 말도 나누지 않았지만, 나는 엄마가 이제 알고 있다는 것을 알았다. 그렇게 기가 죽은 엄마를 보게 되다니. 가엾은 엄마…… 아, 너무 힘들다……

_ 2006년 8월 14일

현주가 다녀갔다. 지난봄에 일부러 찾아온 현주를 학교 앞 카페에서 본 이후 처음이다. 민형이에게 내가 어디 있는지를 물어 찾아왔다고 했다. 엄마가 알면 안 좋아하실 텐데.

재작년까지만 해도 이맘때면 이 집에 사람들이 북적댔었지. 내 친구들, 민형이 친구들, 민주 친구들, 엄마 아빠 친구들, 친척들이 번갈아가며, 때로는 우르르 모여 여기서 휴가를 보내곤 했다. 그런데 올해는 나 혼자 독차지다.

잔디가 무릎 위까지 자랐다. 내가 휴직계를 내고 여기 들어앉은 뒤,

집 관리를 해주던 마을 아주머니도 발길을 끊으셨다. 아마 엄마의 지
시이리라.

차가 마당에 들어서는 기척에 창밖을 내다보니 현주였다. 현주는
내 모습에 충격을 받은 기색을 감추느라 애를 썼다. 현주는 내 배를
물끄러미 바라봤다.

"산달 가깝지?"

"응."

"그래. 좋아 보이네. 다행이다. 웃음 하나는 여전히 해맑구나."

"그래? 그렇지 뭐."

현주가 배시시 웃으며 내 손을 꼭 쥐었다. 현주네 서점 문을 닫았
다는 것, 현주 어머니가 요즘 『해리 포터』를 영문판으로 읽는다는 것,
자기 엄마 걱정, 서점에서의 추억…… 주로 현주 어머니에 대해 얘기
를 나눴다. 그리고 나서 현주 차를 타고 십 분 거리에 있는 식당에 가
오골계탕을 시켜 먹었다. 오랜만에 기름진 음식을 과식한 탓인지 결
국 한밤에 토하고 말았다.

엄마가 마련해놓은 철분제니 칼슘제니 효소니 하는 영양제들은 꼬
박꼬박 챙겨먹지만 밥은 자꾸 거르게 된다. 잘 먹는 게 내 의무련만.

며칠 묵어가겠다는 현주를 어렵사리 보냈다.

"너 있으면 내가 이것저것 신경쓰여서 힘들어."

내 말에 현주는 섭섭한 얼굴로 떠났다. 주말마다 들르시던 엄마는
한 주일 전부터 안 오신다.

_2006년 8월 20일

  백합을 보십시오. 남편과 아내가 한 꽃자루에서 나오지 않습니까? 둘을 낳아준 꽃이 다시 둘을 결합시키지 않나요? 더구나 백합은 순결의 상징 아닙니까? 그래서 그 남매간의 결합이 열매를 맺지 못하던가요?

  괴테의 '빌헬름 마이스터'에 이런 구절이 있었지. 현주가 한 아름 안고 온 백합이 콘솔 위에서 고요히 시들어간다. 꽃병 물을 한 번도 갈아주지 않았으니 줄기 밑동이 물에 풀려 진득거릴 것이다. 속이 메슥메슥하다. 식탁 위에는 역시 현주가 가져다놓은 복숭아가 상자 안에서 농익은 향기를 뿜고 있다. 복숭아들 역시 상해가면서 상자 바닥을 적시고 있을 것이다. 현주도 나도 복숭아를 좋아했었지.
  죽음의 꽃 백합, 삶의 과일 복숭아……
  실링팬의 비둘깃빛 날개가 천천히 공기를 휘젓는다. 해가 길다. 너무.

_2006년 8월 27일

  『창백한 푸른 점』을 처음 읽었을 때 나는 우주의 광활함과 인간의 작음에 압도당했다. 그렇지만 이상하게 나는 인간의 작음, 내 작음이 눈물겹게 좋았다.

202

나는 지금 너무 커졌다. 우주만큼 커진 듯하고, 시시각각 팽창하고 있다.

사람을 죽이는 꿈을 꾼 적이 있다. 꿈속에서 사람을 죽이고, 그 살인을 돌이킬 수 없다는 걸 깨달으면서, 나는 절망감과 공포와, 무엇보다도 외로움에 진저리를 쳤었다. 그런 정도의 고립감, 추락감, 몰락감……

_ 2006년 8월 29일

내가 처음이 아니다. 어디론지 모르겠지만, 내 앞에 지나간 무수한 존재의 길을, 나도 가겠지. 나도 그 길을 가겠지. 혼자도 처음도 아니라는 생각을 하면 무서움이 덜어진다.

아이를, 세상의 출발선에 흠결 없이, 아무 핸디캡 없이 세우려면 내가 소거돼야 한다. 내 존재를 허구로 만들어야 한다. 전제가 헛것이면 어떠한 결론도 참이 된다.

그것이 아이에게 내가 줄 수 있는 유일한 선물이다. 내 죽음이 유산(遺産)이다.

아, 나는 얼마나 삶을 사랑하는지!

가족들에게

　그저 죄송하다는 말씀밖에 드릴 수 없습니다. 엄마, 아빠, 저를 용서해주세요. 용서하시지 못할 죄를 연이어 짓고는 있지만요. 아니 이 자리에서라도 좀 어른스럽게 엄마, 아빠를 부르고 싶네요. 어머니, 아버지, 저를 용서하세요. 제 죄를 잊어버려주세요. 너무 힘드시겠지만. 그리고 민형이를 용서하세요. 용서가 안 되시면 이해라도 해주세요. 지금 그 아이는 너무 힘들 겁니다.

　민형, 영미, 민주야, 나를 용서하렴. 영미야, 민주야, 이 형편없는 언니를 용서해줘. 그리고 늬들 오빠도 용서해주고. 늬들 오빠를 나쁘게 생각해선 안 돼. 내가 민형이에게 나쁜 짓을 저지른 거야. 너희들이 늬들 오빠를 떠받쳐줘야 해. 내가 너희들에게 연이어 흉한 일을 겪게 하는구나. 특히 민형이, 네게 너무 큰 짐을 남기고 가는구나. 그래도 너는 나보다 강하니 세상을 버텨낼 수 있을 거야. 네가 내 오랍동생인 게 자랑스럽다. 내가 네게 너무 몹쓸 짓을 했구나. 네 잘못은 전혀 없었어. 내가 손위누이답지 못했을 뿐이야. 네가 내 죽음에 조금이라도 죄의식을 느낀다면 나는 저세상에서도 슬플 거야. 이 죽음이 얼마나 이기적인 것인지, 나도 잘 안단다. 얼마나 무책임한지를. 민형아, 그래도 조금은 이해해주렴. 내 약한 부분을 너만큼 잘 아는 사람은 세상에 없을 테니까. 더이상 버텨내기가 어려웠다.

어머니, 아버지. 맏딸 노릇도 제대로 하지 못했는데, 가족들에게 큰 상처를 남기고 떠납니다. 어머니, 아버지께 받은 사랑, 저세상에서도 잊지 않을게요. 만약에 또다른 세상에서 어머니, 아버지를 딸로서 만나게 된다면 그땐 정말 좋은 딸이 될게요.

민주야, 내 사랑하는 동생! 저번 일로 네가 얼마나 놀랐을지, 그리고 이번 일로 네가 얼마나 놀랄지 생각하면 그 부끄러움이 뾰족한 칼끝처럼 내 마음을 저미는구나. 너는 내게 늘 네 일을 다 털어놓았는데, 나는 그러지 못했다. 그것도 미안해. 엄마 아빠 잘 진정시켜드리고, 민형이 좀 잘 지켜봐줘. 그리고 지금처럼 영미랑 늘 가까이 지내. 너희들은 가족이잖니. 혹시라도 네가 어렸을 때, 영미 때문에 내가 네 마음을 상하게 한 적이 있을지도 모르겠구나. 그렇지만 넌 이제 그걸 충분히 이해할 정도로 컸지. 대학에 들어간 뒤 너희들이 가깝게 지내는 게 얼마나 보기 좋았는지 몰라. 너한테 별로 티를 내진 않았지만, 나는 네 기사의 열렬한 독자란다. 이젠 곧 '열렬한 독자였단다'가 되겠지만. 나는 너만큼 글 잘 쓰는 기자를 본 적 없어. 비록 초짜 기자이긴 하지만. 지난번 전주국제영화제 기사는 정말 최고더구나. 넌 이미 기자가 아니라 평론가야. 기자가 평론가보다 덜 중요하다는 뜻이 아니라, 영화 작품을 보는 네 눈이 기자의 눈이라기보다는 평론가의 눈에 가깝다는 뜻이야. 너는 어쩌면 프랑수아즈 지루처럼 될지 몰라. 안타깝게도 난 그걸 못 보겠구나. 그것도 미안하다.

영미! 내 사랑하는 동생! 늘 내 마음 한쪽을 그늘지게 한 동생! 그러면서도 내 기쁨의 원천이 되었던 동생! 내 명민한 동생! 내 착한 동생! 내 강한 동생! 네가 있어서 우리 가족은 진짜 가족이 되었지. 혹시라도 내가 네 마음을 상하게 한 일이 있다면, 잊고 용서하렴. 저번 일과 이 일이 아니더라도 말이야. 너는 내가 진짜 사랑하는 동생이었단다. 몇 년 전 너랑 둘이서 강화도에 갔던 기억이 생생하구나. 너는 그때 그랬지. 내가 네 진짜 언니였으면 좋겠다고. 그때 나는 한편으로 몹시 서운했고, 한편으로 부끄러웠단다. 나는 늘 네 진짜 언니였으니까. 그런데도 너한텐 그렇게 비치지 않았을 수도 있었겠구나 싶어서 부끄러웠어. 변명을 하자면 나 나름대로는 최선을 다했단다. 어쩌면 의식적으로 최선을 다했다는 것이 외려 네게 서운하게 들릴지도 모르겠구나. 미안, 미안, 내 동생. 내 사랑스러운 동생. 최선을 다한 게 아니라 너에게 자연스럽게 사랑이 흘러들어갔어. 너는 정말 사랑스러운 동생이었으니까. 너 생긴 그대로 말이야. 자라면서 네가 겪었을 아픔을 똑같은 양과 질로는 아닐지 몰라도 나 역시 느꼈단다. 네가 아플 때면 나도 아팠고, 네가 기쁠 때면 나도 기뻤어. 네가 대학입시에 합격했을 때, 네가 행정고시에 합격했을 때, 나는 아마 너 자신만큼 기뻤을 거야. 그리고 네가 너무 고마웠어. 그 고마운 감정을 이해하겠니? 너는 네 삶의 성취로 내가 네게 지닌 미안함 비슷한 감정을 말끔히 씻어주었어. 어쩌면 너는 자라면서 엄마 아빠한테 서운한 일이 많았을 거고, 민주에게도 그랬을 거야. 그건 너무 당연한 일이야. 그렇

206

지 않다면 너는 부처님이거나 멍텅구리였을 테니까. 너는 감히 부처님까지는 되지 못했겠지만, 결코 멍텅구리도 아니었지. 그래도 서운한 감정 떨쳐버리렴. 우린 가족이잖아. 특히 민주랑 사이좋게 지내. 너랑 동갑내기이면서도 그앤 어려서부터 철이 없었고, 너는 어른스러웠지. 이젠 네가 나 대신 걔 언니노릇을 해줘야겠구나. 스물 즈음부터 너희 둘이 부쩍 가까워진 듯해서 내 마음이 참 편했어. 민형이 좀 잘 부축해줘. 넌 어려서부터 민형일 좋아했고, 민형이도 그랬지. 그것 때문에 민주가 널 질투했을 수도 있을 거야. 그건 가족끼리도 어쩔 수 없는 일이지. 나 역시 엄마 아빠가 나보다 민형이에게 늘 더 관심을 주는 게 서운할 때도 있었어. 생각해보니 네가 민주에게 불러일으킨 질투보다 훨씬 더 강한 충격과 배신감을 내가 네게 줬다는 생각이 드는구나. 그 죄의 대가로 죽음이라는 자기 처벌이 너무 가볍다는 것은 안다. 내가 좀더 책임감이 있었다면, 억지로라도 살아서 늙어 죽을 때까지 죗값을 치렀을 테지. 그러나 영미야, 네 언니는, 하나밖에 없는 네 진짜 언니는 그렇게 강하질 못하구나. 내 마음이 그 죗값을 감당하기엔 너무 연약하구나. 미안! 사랑한다, 영미야. 내 예쁜 동생! 미래의 대한민국 문화부 장관!

민형아, 내 사랑하는 동생, 네게 용서를 구하기 위해 긴 얘기를 하는 것이 오히려 또 죄를 더하는 것 같다. 지현이를 잘 부탁해. 우리 지현이를!

문학동네 장편소설
해피 패밀리
ⓒ 고종석 2013

1판 1쇄 2013년 1월 21일
1판 5쇄 2013년 6월 10일

지은이 고종석
펴낸이 강병선
책임편집 이경록 | 편집 박지영 백다흠 조연주 | 디자인 이경란 유현아
마케팅 신정민 서유경 정소영 강병주 | 온라인마케팅 김희숙 김상만 이원주 한수진
제작 서동관 김애진 김동욱 임현식 | 제작처 영신사

펴낸곳 (주)문학동네
출판등록 1993년 10월 22일 제406-2003-000045호
주소 413-756 경기도 파주시 문발동 파주출판도시 513-8
전자우편 editor@munhak.com | 대표전화 031) 955-8888 | 팩스 031) 955-8855
문의전화 031) 955-8890(마케팅) 031) 955-8864(편집)
문학동네카페 http://cafe.naver.com/mhdn

ISBN 978-89-546-2020-8 03810

www.munhak.com